Erwischt!
Die geheimen Bekenntnisse eines
eines
Fußfetischisten

AF139673

Jonas von Eickendorf

Erwischt!
Die geheimen Bekenntnisse eines
Fußfetischisten

33 wahre Geschichten
aus dem Leben eines
Fußliebhabers

IMPRESSUM

Copyright: Jonas von Eickendorf
Erscheinungsjahr 2019

Herstellung und Verlag:
BoD - Books on Demand, Norderstedt

Cover Design: BoD

ISBN 9783738611434

Inhalt

VORWORT

Angst und Leidenschaft!

Zunächst möchte ich vorwegnehmen, dass das Thema Fußfetisch mehr verbreitet ist, als viele Menschen annehmen. Viele reden aus Scham nicht darüber, anderen macht es nichts aus und sie stellen sich den Fragen, die bei einem Outing eventuell auf sie zu kommen. Ich hingegen habe es vorgezogen, mich nicht zu outen, da ich bislang mehr als genug damit zu kämpfen hatte. Nie habe ich mich getraut, mich irgendjemanden anzuvertrauen oder es gar frei auszusprechen. Ich glaube fast, dass ein Outing genauso schwer gewesen wäre, wie das Outing eines Homosexuellen. Die Angst davor, schräg angeguckt oder gar verstoßen zu werden, ließ für mich kein Outing zu.

Jeder Mensch hat seine Vorlieben, der eine steht auf Brüste, der andere auf einen knackigen Hintern und bei mir sind es nun mal die Füße. Zu meiner Leidenschaft gehören aber auch Strümpfe, Strumpfhosen und Schuhe.

Selbst in meiner Ehe hat es Jahre gedauert, bis ich offen mit meiner Frau darüber reden konnte. Es war einfach die Angst sie zu verlieren, denn der Verlust eines geliebten Menschen war für mich immer sehr schwer zu verkraften. Ich wollte ein Leben lang mit ein und derselben Frau zusammen sein. Doch mein Fetisch trieb einen Keil in unsere Ehe, sodass ich zwar Sex mit meiner Frau haben konnte, dies aber über die vielen Jahre hinweg stetig nachließ.

So waren meine Blicke immer wieder auf die Füße anderer Frauen gerichtet, obwohl ich meine Frau über alles liebte. Doch sie konnte mir nicht das geben, was ich in meiner Fantasie auslebte.

Der Geruch von verschwitzten Frauenfüßen machte mich total verrückt, sodass ich immer wieder mal die Strümpfe verschiedener Frauen entwendete, um mich mit ihrem Geruch zu befriedigen.

In meinem Buch möchte ich ihnen Einblicke in mein Leben als Fußfetischist geben. Viele Menschen glauben vielleicht, dass Fußfetischisten absolute Spinner sind, aber in Wirklichkeit sind sie sehr sensible Menschen, die nur ihre Fantasien ausleben möchten. Ich bin mir ganz sicher, dass es da noch Menschen mit ganz anderen Vorlieben gibt, die nicht so harmlos sind!

Fußfetischisten sind harmlos, zumindest habe ich auch nichts anderes darüber gelesen.

Ich gewähre ihnen Einblicke in mein Leben, welches ich in 33 verschiedene Geschichten zusammen gefasst habe, die mal länger oder kürzer ausfallen, je nachdem, wie umfangreich und wie lange ich Kontakt zu den Frauen hatte. Aber es gab auch Situationen in meinem Leben, die nicht direkt mit Frauen zu tun hatten.

Meine Geschichte ist echt und sie werden sicherlich auf das ein oder andere stoßen, wo sie mit Unverständnis reagieren. Doch das gab es alles wirklich und ich muss mich nicht dafür schämen. Gerade in meiner Kindheit und in meiner Jugend wusste ich oftmals nicht, wie ich mit meinem Verhalten umgehen sollte.

Wahrscheinlich fragt sich jetzt der ein oder andere, warum ich keine Therapie gemacht habe. Selbst bei einem Psychologen hätte ich gerade in jungen Jahren nicht über das reden können und ich sah auch viele Jahre keinen Sinn darin. Klar hatte ich mir darüber schon mal Gedanken gemacht, aber ich liebte meinen Fetisch, auch wenn ich dabei manchmal etwas zu weit gegangen bin.

Nun folgt meine Geschichte

Die Entstehung des Fußfetisch
Meine Sichtweise

Mitte der sechziger geboren wuchs ich in gutbürgerlichen Verhältnissen auf. Meine Eltern waren beide berufstätig, sodass ich des Öfteren bei meiner Großmutter war. Da meine Mutter die älteste von drei Geschwistern war, lebten ihre beiden Schwestern noch dort. Sie waren gerade mal Teenager und somit auch noch etwas verspielt. Irgendwie kam es dann zustande, dass ich laufend an ihren Füßen riechen wollte. Für mich, aber auch für sie war es nur ein Spiel und wir hatten alle drei viel Spaß dabei. Die Mädchen kicherten, während ich den Geruch ihrer verschwitzten Strümpfe genoss. Dabei lag ich am Boden und sie hielten mir ihre Füße ins Gesicht. Weder meine beiden Tanten noch ich haben dabei etwas Schlechtes gedacht. Es war einfach nur ein Spiel.

Heute sehe ich es so, dass das Geschehene von früher vielleicht meinen Fetisch ausgelöst haben könnte. Ich habe auch bis heute keine Erklärung dafür, warum ich damals an ihren Füßen gerochen und es auch noch genossen habe. In diesem Alter macht man sich keine Gedanken darüber, ob so etwas richtig oder falsch ist.

Der Junge aus der Nachbarschaft
Erste sexuelle Erfahrungen

Wie ich schon bemerkt hatte, war ich ja öfters bei meiner Großmutter zu Besuch. Samstags war Badetag und so wie es früher war, setzte man mich zusammen mit meinem großen Bruder in die Badewanne. Das war ja alles normal, nur wollte ich immer noch etwas länger in der Wanne bleiben als er. Das hatte auch seinen Grund, ich hatte nämlich herausgefunden, wenn man seinen Penis ausgiebig massiert, dass dann etwas Schönes passiert. Also legte ich mich in der Wanne auf den Bauch und befriedigte mich mit den Gedanken, wie ich an den Füßen meiner Tanten roch. Wer jetzt glaubt, das würde im Kindesalter nicht funktionieren, irrt! Natürlich hatte ich keinen Samenerguss, aber ich konnte den Höhepunkt spüren.

Da ich gerade an den Wochenenden die beiden Mädchen ausgiebig beobachten konnte, bin ich auch abends immer freiwillig in die Badewanne, weil ich ja wusste, dass es mir wieder etwas Schönes beschert. Das soll jetzt nicht heißen, dass ich nichts anderes im Kopf hatte, aber ihre Füße hatten es mir angetan.

Als Kind war ich in dieser Zeit recht ruhig und ich machte meine Beobachtungen ganz vorsichtig und nicht offensichtlich. Schließlich sollte ja niemand etwas bemerken, denn mit dem Riechen an den Füßen meiner Tanten war es schon lange vorbei und ich hatte nur noch meine Erinnerung daran. Also musste was Neues her.

Irgendwann bin ich dann eingeschult worden, ohne das für mich das Thema Füße noch einmal in Erscheinung trat. Für eine gewisse Zeit hatte ich keine Gedanken mehr daran. Aber irgendwann sah ich mal die Hausschuhe unserer Nachbarin im Flur stehen, als ich bei ihnen zu Besuch war und mit deren Sohn spielte. Die Oma des Nachbarjungen passte ein wenig auf uns auf, sodass ich mal vortäuschen konnte, auf Toilette zu müssen. Ich bin dann nach unten gegangen mit dem Ziel, an den Hausschuhen unserer Nachbarin zu riechen. Das machte mich dermaßen nervös, dass ich es kaum abwarten konnte, meine Nase in ihre Schuhe zu stecken. Die rochen so stark, dass ich die Schuhe mit in deren Toilette nahm, mich auch den Boden legte und befriedigte. Ich roch an ihren Hausschuhen und auch mein Höhepunkt kam ganz schnell, weil mich der Geruch so extrem geil machte. Was ich dabei auch nicht vergessen durfte war, dass die Dame des Hauses ja auch irgendwann wieder nachhause kam und bestimmt ihre Hausschuhe suchen würde. Also stellte ich ihre Hausschuhe schnell wieder an ihren Platz und kehrte zu meinen Spielkameraden zurück. Er spielte nichtsahnend und auch die Oma kümmerte sich nicht viel um uns, wenn wir in seinem Zimmer spielten. Niemand hatte etwas bemerkt und nun konnte auch ich entspannt weiterspielen.

Eine ganze Zeit später war ich dann wieder mal zu Besuch dort. Wir spielten Verstecken und krochen in eine Abstellkammer. Unter einem Regal lag ich nun mit dem Nachbarsjungen, versteckt hinter einem Vorhang. Seine Schwester sollte uns eigentlich suchen, fand uns aber nicht. Er fing an mich in den Penis zu kneifen, was ich natürlich erwiderte. Anscheinend hatte er Gefallen daran, sodass er nun noch stärker zugriff und meinen Penis durch die Hose massierte. Ich fragte ihn, ob wir nicht unsere Hosen öffnen wollen. Ohne zu zögern, öffnete er den Gürtel seiner Hose und ebenso den Reißverschluss. Ich hatte es genauso eilig wie er, meine Hose zu öffnen. Nun griffen wir uns gegenseitig an den Penis und erkundeten, was der andere so da unten hat. Uns machte das beiden Spaß und ich war dermaßen geil, dass ich recht schnell meinen Höhepunkt hatte, als er meinen kleinen Penis wichste. Er machte das recht gut, ich hingegen schaffte es bei ihm nicht.

Irgendwie wusste ich auch nicht so richtig, wie mir geschah. Das hatte ich nicht geplant, eher, dass ich wieder an die Schuhe seiner Mutter kam. Was soll es, ich war befriedigt und so krochen wir wieder aus der Höhle und machten ein neues Spiel.

Von nun an war ich wie besessen und wollte natürlich öfters zum Spielen zu den Nachbarn gehen. Doch hin und wieder war da auch noch ein anderer Freund, der mit dem Nachbarsjungen spielte. Ich hatte unheimliche Lust mich von ihm befriedigen zu lassen, also musste ich versuchen, den anderen Jungen loszuwerden. Mit einer schrecklichen Art und Weise vertrieb ich den Jungen, sodass ich mich nun wieder mit ihm verkriechen konnte. Als wir von draußen hereinkamen, schaute ich natürlich beim Schuhe ausziehen auf seine Füße. Er hatte rote Strümpfe an und ich verspürte umso mehr den Drang, an seinen Füßen riechen zu müssen. Wir gingen in sein Zimmer und spielten zuerst mit Legosteinen. Da ich unheimlich geil war, schlug ich ihm vor, ob wir nicht unter sein Bett kriechen wollen. Er machte das unaufgefordert und ich kroch hinterher. Ich fragte ihn, wie er meinen Penis letztens genannt hatte und griff ihm dabei in den Schritt. Er antwortete mir und begann, meine Hose zu öffnen und mit meinem Penis zu spielen. Daraufhin öffnete ich seine Hose, zog seine Unterhose ein wenig herunter. Mir sprang sein kleiner steifer Penis entgegen, den ich nun begann mit zwei Fingern zu wichsen. Nun massierten wir uns gegenseitig und auch er wusste mit meinem Penis umzugehen. Aber ich wollte irgendwie an seine Füße, sodass ich mich unter dem Bett versuchte zu drehen. Dieses gelang mir auch und er massierte meinen Penis weiter, während ich ihm bereits einen Strumpf ausgezogen hatte und mit der Nase zwischen seinen Zehen roch. Ich sagte zu ihm, dass er mich mal mit seinem anderen Fuß berühren soll. Wir rutschten unter dem Bett so in Position, dass er mich mit dem Fuß streicheln konnte. An dem anderen Fuß roch ich weiter, was mich recht schnell zum Höhepunkt brachte. Der Höhepunkt war da, aber kein Samenerguss. Ich hatte auch noch versucht seinen Penis mit meinem Fuß zu stimulieren, aber das gefiel ihm wohl nicht.

Ich hatte meinen Höhepunkt, also machte ich meine Hose zu, kroch unter dem Bett hervor und spielte weiter mit den Legosteinen. Er kam dann auch hervor und gesellte sich wieder zu mir.

Wochen später spielten wir Jungs nun auch wieder mit seiner jüngeren Schwester. Da sie nun nichts für Lego übrig hatte, spielten wir nun mit Panzern und Soldaten. Ich hatte den Vorschlag gemacht, dass wir Einräuchern spielen. Einräuchern hieß, dass der Verlierer den Duft der verschwitzten Füße der anderen einatmen musste. Ich habe mir natürlich die meiste Mühe gegeben zu verlieren, aber das war gar nicht so einfach. Zuerst hatte die Schwester verloren und musste sich auf den Rücken legen und nacheinander ein paar Sekunden unseren Fußgeruch ertragen. Ihr gefiel es zwar nicht, aber sie überspielte das mit ihrer Kicherei. Danach spielten wir die nächsten Runden, die ich dann alle verlor. Nun konnte ich auch an den Füßen der Schwester riechen, die beachtlich verschwitzt waren. Auch sie hatte keinen blassen Schimmer davon, dass ich absichtlich verlor, nur um an ihre Füße zu kommen.

Ihr war das Spiel danach zu langweilig geworden, sodass sie nach unten in ihr Zimmer ging. Mich hatte es wieder so geil gemacht, dass ich unbedingt befriedigt werden musste. Also krochen wir wieder unter sein Bett, öffneten unsere Hosen und begannen, uns gegenseitig unsere kleinen Penisse zu wichsen, wobei meiner etwas größer war, als seiner. Mir kam es wieder ganz schnell, diesmal war ich mit den Gedanken bei seiner Schwester.

Eine ganze Zeit später war ich dann dort zum Geburtstag eingeladen, wo noch mehr Mädchen kamen. Bei verschiedenen Spielen musste immer jemand vor der Zimmertür des Jungen warten. Logisch, dass ich das fast immer war, weil dort die Schuhe der anderen Mädels standen. So saugte ich mich ausgiebig mit dem Duft ihrer Sportschuhe voll, ohne das jemand etwas bemerkte. Aber mehr war an dem Geburtstag nicht.

Es gab dann auch eine gewisse Zeit zwischendurch, wo ich keinerlei Spielereien mit ihm hatte, weil wir weggezogen waren. Doch hin und wieder trafen sich unsere Eltern sonntags zum Spazieren gehen. Gegen Abend sind wir dann zu uns nachhause gefahren. Weil wir noch ein wenig Zeit bis zum Abendbrot hatten, beschlossen wir Kinder, im Keller spielen zu gehen. Wir wollten „Wo wer kitzelig ist" spielen. Einer von uns dreien musste immer Wache schieben und die anderen beiden hatten zehn Möglichkeiten, bei dem anderen kitzelige Stellen an seinem Körper zu finden. Ich fing bei den beiden natürlich an den Füßen an, was mich wieder unheimlich erregte. Als ich dann unten lag und die Schwester an mir keine kitzeligen Stellen mehr fand, machte ich sie auf meinen stark geschwollenen Penis aufmerksam, indem ich ihre Hand dort hinführte. Sie fühlte mit Daumen und Zeigefinger ganz vorsichtig und fing an zu kichern. Mehr konnte sie damit nicht anfangen. Ihr Bruder hingegen hatte nach ihr die Stelle ohne Hilfestellung gefunden. Er massierte meinen Penis durch die Hose bis zum Höhepunkt, was ihm wohl außerordentlich zu gefallen schien. Danach machte ich dasselbe bei ihm. Doch er zog es vor, dass ich seinen nackten Penis in die Hand nahm. Er zog seine Hose dabei runter und ich wichste seinen kleinen Penis mit zwei Fingern das erste Mal zu Höhepunkt. Seine Schwester hatte keine Ahnung von dem, was wir dort trieben, als sie Wache schob. Leider hatte sich danach erst einmal nichts dergleichen mehr ergeben.

Ein paar Jahre Später waren wir zusammen mit unseren Eltern im Urlaub. Wir waren mit dem Reisebus unterwegs und machten eine Zwischenübernachtung. Uns drei Kinder hatte man in ein Zimmer gesteckt und mir kamen gleich wieder unheimliche Fantasien in den Sinn.

Nach dem Abendessen, es war bereits spät geworden, gingen wir drei ohne zu murren auf unser Zimmer, denn ich glaube, dass wir alle drei wussten, was passieren würde. Wir zogen uns unsere Schlafanzüge an und legten uns alle zusammen in das Doppelbett. Zunächst kitzelten wir uns nur, bis mein lieber Nachbarsjunge sich mal wieder an meinem Penis zu schaffen machte. Das passierte alles unter der Decke, sodass seine Schwester zunächst nichts davon mitbekam. Ich hingegen war nun nicht nur auf die Füße von ihm fixiert, sondern auch noch auf die der Schwester. Also drehte ich mich unter einem Vorwand, sodass ich nun mit meinem Kopf am Fußende des Bettes lag. Unsere Körper waren bedeckt, es schauten lediglich die Füße heraus. Der Nachbarsjunge wichste weiter meinen Penis und ich begann spielerisch an seinen und an den Füßen seiner Schwester zu riechen. Beide hatten ein ähnliches Aroma und ich roch abwechselnd zwischen ihren Zehen. Es kam mir dabei so gewaltig, dass ich das erste mal in seinem Beisein abspritzte. Wiedermal bekam seine Schwester nichts davon mit. Sie hatte immer nur gekichert, wenn ich ihren Fuß in der Hand hielt und zwischen ihren Zehen meine Nase vergrub. Ich war mir recht sicher, dass das noch nicht alles war, was mir meinen Urlaub verschönern würde. Also hoffte ich auf mehr.

Am nächsten Morgen sind wir weiter gefahren und kamen rechtzeitig am Urlaubsort an. Den ganzen Tag über hoffte ich, ihn alleine zu erwischen. Seine Schwester war abends zum Duschen zu ihren Eltern gegangen und ich wusste, dass er bereits unter der Dusche war. Ich hatte so getan, als wüsste ich das nicht und bin ins Bad gestürzt. Er stand unter der Dusche und seifte sich ein. Ich zog mich aus und ging ohne etwas zu sagen zu ihm unter die Dusche. Da waren wir dreizehn und unsere Penisse waren bereits Schwänze geworden. Er hatte ganz schnell einen Ständer, als er mich sah und ich ebenso. Unter der Dusche rieben wir zunächst unsere Schwänze aneinander und fassten uns gegenseitig an. Wir wichsten uns gegenseitig unsere Schwänze, bis wir beide ganz mächtig abspritzten. Das war es, was uns gefehlt hatte. Wir beide waren dauergeil. Danach verließ ich die Dusche wieder und wartete nackt auf dem Bett. Als er aus der Dusche kam, fragte ich ihn, ob er ein Paar Schuhe mit hat, wo man richtige Schweißfüße drin bekommt. Er sagte: „Ich weiß nicht".

Auch wenn ich gerade erst in der Dusche abgespritzt hatte, kam bei mir schon wieder die Geilheit auf. Ich sagte ihm, dass er sich auf das Bett legen solle. Meine Gedanken waren schon wieder bei seinen Füßen und mein Schwanz stand schon wieder. Seine Füße rückte ich ein wenig zurecht und begann meinen Schwanz daran zu reiben. Ihm gefiel der Anblick, denn seiner wurde auch schon wieder steif. Wieder spritzte ich nach kurzer Zeit ab und entlud mich auf seinen Füßen. Doch ihn hatte das auch schon wieder so geil gemacht, dass mir sein Blick sagte, dass er auch nochmal Entspannung braucht. Also nahm ich seinen Schwanz in die Hand und wichste ihn nochmal schön ab, bis auch er sich entlud. Wieder war seine Schwester ahnungslos.

Ein paar Tage später kam ein Kollege meines Vaters auch in unser Hotel. Die Tochter des Kollegen hatte in mir die Wende gebracht, sodass ich mich ab sofort nur noch für Mädchen interessierte und ich den ehemaligen Nachbarsjungen links liegen ließ. Anscheinend hatte ich bemerkt, dass Mädchen für mich doch interessanter waren als Jungs. Aber auch die Tochter des Kollegen meines Vaters wusste sich in Szene zu setzen. Im Bikini machte sie mir schöne Augen und wackelte auch öfters mit ihren Zehen, wenn sie auf der Decke am Strand lag. Hatte sie eine Vorahnung?

Weil ich recht schüchtern war, wusste ich eigentlich auch gar nicht, wie ich mit dem Ganzen umgehen sollte. Ich war in der Pubertät, da probiert man schon mal das ein oder andere aus. In den ganzen Jahren konnte ich auch mit niemandem darüber sprechen, wie auch, als Kind oder Jugendlicher. Ob es nun die Spielchen mit dem gleichaltrigen Nachbarsjungen waren, das Schnüffeln an den Hausschuhen seiner Mutter oder auch das Verlangen nach den Füßen seiner Schwester. Mir ging es immer nur um Befriedigung, mal in Wirklichkeit und mal in meiner Fantasie. Bei der Selbstbefriedigung dachte ich an Füße und an den starken Geruch der Hausschuhe meiner Nachbarin. Aber woher kam es und was hatte mich zu allem veranlasst?

Fazit:

Noch viele Jahre danach habe ich mir darüber Gedanken gemacht. Ich konnte nicht verstehen, warum der Nachbarsjunge keine Freundin hatte, als er älter war. Ich glaube, dass er mit Anfang zwanzig immer noch Jungfrau war. Mich bedrückte es gewaltig, weil ich nicht wusste, ob ich daran schuld war. Vielleicht hatten unsere Spielchen etwas in ihm ausgelöst, vielleicht war er schwul geworden?
Aber mittlerweile kann ich beruhigter damit umgehen, weil ich weiß, dass er

verheiratet ist und ein Kind hat. Ich erinnere mich heute noch gern an die Zeit zurück, was in mir wieder ein gewisses Gefühl auslöst.

Tante Evelyn
Hat sie mit allem etwas zu tun?

Nachdem Tante Evelyn bei ihrer Mutter ausgezogen war und mit ihrem Freund eine eigene Wohnung hatte, durfte ich dort nach einer Feierlichkeit übernachten. Das war noch, bevor ich in die Schule gekommen war. An ihren Füßen hatte ich schon im Beisein ihrer Schwester riechen dürfen, als sie noch Teenager waren. Meine Tante hatte mich an dem Abend ins Bett gebracht und ich durfte ihre Hausschuhe tragen. Warum sie mir diese angezogen hatte, frage ich mich heute noch. Vor dem Bett hatte ich sie ausgezogen und stehen lassen. Ich bekam einen Gutenachtkuss und meine Tante machte an der Tür das Licht aus. Die Tür ließ sie einen Spalt offen. Für mich war es seit langem wieder eine Gelegenheit, an ihren Geruch zu kommen. Ich war dermaßen nervös, denn ich hatte lange auf diesen Moment gewartet. Sie glaubte wohl, dass ich schlafen würde, aber ich hatte nichts Besseres zu tun, als nach ihren Hausschuhen neben dem Bett zu greifen, um sie in mein Bett zu holen. Ich steckte meine Nase ganz tief in ihre Hausschuhe hinein und saugte mich mit ihrem Geruch voll, während ich mich befriedigte. Mich stimulierte der Geruch und es ging auch alles sehr schnell. Niemand hatte etwas bemerkt, denn ich stellte ihre Hausschuhe wieder brav vors Bett.

Das dies die vorerst letzte Möglichkeit war, an ihren Schuhen zu riechen, war mir zu diesem Zeitpunkt nicht klar. Zwischendurch konnte ich zwar immer wieder Blicke auf ihre Füße werfen, aber es dauerte Jahre, bis sich diese Gelegenheit wieder bot.

Ich war mittlerweile fünfzehn und besaß schon ein Mofa. Um meinen Vater zu unterstützen, schickte er mich des Öfteren zum Rasen mähen auf unser Grundstück, das hinter dem meiner Großmutter lag. Mittlerweile war die jüngere Tante auch ausgezogen. Tante Evelyn und ihr Freund waren bereits wieder in ihr Elternhaus zurückgekehrt und hatten geheiratet. Da sich die beiden um meine Großmutter kümmerten, nahmen sie Oma immer mit zum Einkaufen. Ich bat immer um einen Haustürschlüssel unter dem Vorwand, falls ich mal zur Toilette müsste. Diesen bekam ich auch und sobald sie vom Hof gefahren waren und ein wenig Zeit vergangen war, machte ich den Rasenmäher aus. Zuvor hatte ich sie gefragt, wo sie denn hinfahren. So konnte ich ungefähr abschätzen, wie lange sie wegblieben. Also machte ich mich auf den Weg ins Haus, um in ihrem Schlafzimmer in der

Wäschetruhe nach getragenen Strümpfen meiner Tante suchte. Ich wurde auch recht schnell fündig, sodass ich noch während ich neben der Wäschetruhe stand, mich befriedigte. Mein Herz pochte ungemein schnell. Mich machte der Geruch von ihren verschwitzten Strümpfen unheimlich an. Ich genoss es und spritzte ganz schnell ab. Die Strümpfe steckte ich wieder dort hin zurück und verließ das Haus. Es war auch die Angst erwischt zu werden, die mich so schnell kommen ließ. Dabei war mein Blick aus dem Schlafzimmerfenster auf die Straße gerichtet, sodass ich frühzeitig reagieren hätte können, wenn sie früher zurückgekommen wären. Das machte ich einige male ohne das es wohl jemand bemerkt hatte, dachte ich zumindest. Ich liebte einfach den Geruch meiner Tante und ich war fast süchtig danach.

Irgendwann bekam ich dann wieder einen Schlüssel. Die Haustür war zwar zugänglich, aber nicht mehr die Wohnungstür. Diese war verschlossen. Keine Ahnung warum, denn ich hatte immer wieder alles so hinterlassen, wie ich es vorgefunden hatte. Allerdings bekam ich beim nächsten Mal nicht mal mehr einen Schlüssel für die Haustür. So musste ich meine Geilheit verbergen und warten, bis ich wieder zu Hause war.

Ich hatte mich damit abgefunden und wartete nun noch einige Zeit, bis sich wieder eine Gelegenheit bieten sollte.

Meine Eltern waren im Urlaub und ich bereits in der Ausbildung. Da ich nicht alleine zu Hause schlafen wollte, haben meine Eltern es so arrangiert, dass ich bei Oma schlafen konnte. Sie wohnte oben, meine Tante und mein Onkel unten. Da meine Oma eh den ganzen Tag unten bei ihrer Tochter war, schauten sie auch abends gemeinsam Fernsehen. Als ich abends von meinen Freunden kam, fragte ich meinen Onkel, ob sie eine Flasche Bier für mich hätten. Mein Onkel sagte, ich müsse in den Keller gehen und mir was holen. Kein Problem dachte ich, denn ich wusste, dass ich an den Wäschekörben im Keller vorbei musste. Ich machte die Kellertür auf und schon im ersten Korb blinzelte mich eine getragene Strumpfhose meiner Tante an. Dass ich dort nicht widerstehen konnte, war klar. Ich suchte schnell den Fußteil der Strumpfhose und roch ausgiebig daran. Was für ein Hochgenuss!

Ich konnte auch nicht zu lange machen und musste schnell wieder mit einer Flasche Bier hoch. Mir kam es bald so vor, als wenn irgendjemand eine Vermutung von dem hatte, was ich tat, denn meine Tante hatte ihre Füße auf den Schoß meines Onkels gelegt. Er massierte ihr recht gefühlvoll ihre Zehen, die verpackt in einer Strumpfhose waren. Sie bewegte ihre Zehen hin und her und ich konnte kaum einen Schluck aus der Bierflasche nehmen, weil ich genau gegenüber saß und dem Schauspiel zusehen musste. Immer wieder führten mich meine Blicke zu ihren Füßen. Ich war mir sicher, dass es jemanden aufgefallen war. Irgendwie hatte ich dann doch recht schnell mein Bier ausgetrunken, sodass ich recht schnell ins Bett kam. Ich hatte bei meiner Oma mit im Schafzimmer geschlafen, allerdings standen zwei Betten hintereinander mit den Kopfteilen zusammen. Meine Oma war recht schnell eingeschlafen, sodass ich endlich Hand anlegen konnte und mich mit den Gedanken an die bestrumpften Füße meiner Tante befriedigte.

Am nächsten Morgen hatte mich meine Oma geweckt. Ich zog mich an und ging nach unten. Meine Tante hatte mir bereits mein Frühstück gemacht und mein Onkel war schon in Richtung Arbeit unterwegs. Meine Oma schlief nun noch oben und meine Tante legte sich auch wieder hin, nachdem sie mir schon wieder einen tollen Anblick ihrer nackten Füße beschert hatte. Durch Zufall sah ich, dass meine Tante sich letzten Abend wohl im

Wohnzimmer ausgezogen hatte. Ihre Sachen hingen über der Lehne des Sofas. Was für ein Zufall dachte ich mir, denn mich blinzelte die Strumpfhose an, die meine Tante am Vorabend getragen hatte. Ganz vorsichtig schlich ich mich ins Wohnzimmer. Die Tür zum Schlafzimmer war geschlossen, sodass ich mir ihre Strumpfhose schnappte und ins Bad eilte. Endlich hatte ich wieder ihren geilen Fußgeruch in der Nase und konnte mich dabei befriedigen. Wie lange hatte ich darauf gewartet. Natürlich kam es mir wieder recht schnell, sodass ich ihre Strumpfhose schnell wieder unter meine Latzhose steckte und sie dort fast so wieder hinlegte, wie ich sie weggenommen hatte. Gott sei Dank war sie nicht mehr aus ihrem Schlafzimmer gekommen. Gar nicht auszudenken, was passiert wäre, wenn sie mich erwischt hätte.

Da ich ja nun für zwei Wochen dort untergekommen war, spielte sich jeden Morgen dasselbe Bild ab. Morgen für Morgen hingen ihre Sachen über der Lehne des Sofas. Und ganz erstaunlich fand ich es, dass die Fußteile ihrer Strumpfhose von Tag zu Tag intensiver rochen. Sie hatte die Strumpfhose wohl die ganze erste Woche getragen. Man könnte fast meinen, dass sie es absichtlich getan hätte. Vielleicht hatte sie eine Ahnung, von dem was ich trieb und es gefiel ihr!

Eines Morgens lagen ein paar weiße Strümpfe auf dem Herd. Ich dachte, dass sie meiner Tante gehörten und nahm sie mit ins Bad und zog sie unter meine Strümpfe. Ich wollte sie behalten. Vielleicht hätte ich sie mir woanders besorgen sollen, denn mein Onkel fragte mich am nächsten Abend, ob ich die Strümpfe weggenommen hätte, was ich verneinte. Er sagte noch, dass sie Oma gehörten und das sie ja irgendwo sein müssen. Oh Mann, jetzt wurde es langsam eng.

Am kommenden Morgen lag auf meinem Stuhl ein weißer Strumpf. Das musste eine Falle sein. Ich roch zwar an dem Strumpf, legte die saubere Socke, dann wieder so hin wie sie vorher gelegen hatte. Von nun an musste ich vorsichtiger sein, denn die Blöße erwischt zu werden, wollte ich nicht erfahren. Trotzdem nahm ich wieder die Strumpfhose meiner Tante und ging damit ins Bad. Diesmal legte ich mich trotz alledem auf den Boden und befriedigte mich wieder. Es war eine regelrechte Sucht nach ihrem Geruch und nur so konnte ich den Tag überstehen, wenn ich befriedigt war.

Meine Eltern kamen dann auch aus dem Urlaub zurück und ich hatte mich die Woche über mächtig entleert. Durch Zufall war ich noch an ein paar Strümpfe meiner Tante gekommen. Die hatte ich mir aus ihrem Kleiderschrank besorgt. Leider waren die nicht getragen, fanden aber einen guten Platz in einem Versteck, worauf ich jederzeit zurückgreifen konnte.

Tante Evelyn wurde schwanger und mit der Geburt erlosch auch meine Quelle der wohlriechenden Strümpfe meiner Tante.

Fazit:

Ich kann nur froh sein, dass mich damals niemand erwischt hat. Das war schon manchmal sehr riskant, was ich da getan habe. Aber die Geilheit auf den Geruch von Schweißfüßen ließ mich immer wieder solche Aktionen machen. Einerseits hat man es mir ja auch leicht gemacht, aber andererseits weiß ich nicht wie ich damit umgegangen wäre, wenn man mich erwischt hätte. Ich wäre sicherlich im Erdboden versunken und mein Blutdruck wäre wohl nicht mehr messbar gewesen, so hätte ich mich geschämt. Trotz alledem hätte ich sehr gerne mal wieder an dem bestrumpften Füßen meiner Tante gerochen.

Das Ganze ist jetzt fast vierzig Jahre her. Zu Tante Evelyns Tochter, meiner Cousine, habe ich mittlerweile ein sehr vertrautes Verhältnis aufgebaut. Mit ihr hatte ich per SMS geschrieben und wir kamen auf das Thema Vorlieben. Sie hatte mir ihre geschrieben und ich nahm mir ein Herz und schrieb ihr auch meine Vorlieben. Ich war erstaunt darüber, wie gelassen sie mit dem Thema umgegangen ist. Sie schrieb mir, dass sie vor einiger Zeit einen Freund bei der Beschaffung von getragener Unterwäsche behilflich war. Ich hatte ihr von dem Problem der Beschaffung getragener Söckchen geschrieben. Sie war wieder verständnisvoll, sodass ich sie fragte, ob ich welche von ihr bekommen würde. Sie sagte zunächst, sie würde mal darüber nachdenken. Aber im Nachhinein bekam ich keine, weil ich ihr Cousin sei. Aber sie hätte keine Probleme damit, wenn sich andere daran ergötzen würden.

Mein Onkel war vor ein paar Jahren gestorben, sodass ich zu Tante Evelyn erneut ein sehr gutes Verhältnis aufgebaut hatte. Ich hatte lange mit ihr telefoniert und ich spielte mit dem Gedanken, ihr alles zu beichten. Aber der eigentliche Hintergrund war, erneut an ihre Strümpfe zu kommen. Also nahm ich mir ein Herz und ich erzählte ihr, dass ich ihr etwas beichten müsste. Sie sagte, ich solle sie abends anrufen und ganz offen reden. Dies tat ich dann auch mit einem unguten Gefühl in der Magengegend. Zwar etwas zögernd, aber ich beichtete ihr alles, was ich angestellt hatte. Erstaunlicherweise nahm sie das ganz gelassen auf, obwohl sie sagte, dass sie etwas geschockt sei. Damit hatte sie nicht gerechnet. Unser Gespräch dauerte eine ganze Weile und auch bei ihr sprach ich den Wunsch aus, getragene Strümpfe von ihr haben zu wollen. Auch sie sagte, dass sie darüber nachdenken muss und das sie mir Bescheid gibt. Am kommenden Tag teilte sie mir mit, dass sie mir keine Strümpfe geben möchte. Ich sei ihr Neffe und das es nicht ging, was ich haben möchte. Wenn jemand fremdes an ihren Strümpfen riechen würde, hätte sie damit kein Problem.

Ich hatte mich nach den vielen Jahren sehr darauf gefreut, aber eigentlich hätte ich es mir ja auch denken können. Aber ich war erstaunt darüber, wie sie damit umgegangen ist. Weiterhin hat sie mir versprochen, dass niemand davon erfährt und das sich auch zwischen uns nichts ändern wird. Mit ihrer Entscheidung kann und muss ich leben, auch wenn ich alles für ein Paar Strümpfe von ihr gegeben hätte.

Tante Caro
Die für mich nie eine Tante war

Die Schwester meines Vaters hatte es mir schon immer angetan. Sie wohnte zu Beginn fast hundert Kilometer von uns weg, sodass wir sie eigentlich nur bei Geburtstagen zu Gesicht bekamen. Sie war damals mit uns zusammen im Urlaub, als ich noch mit dem Nachbarsjungen unter der Dusche stand. Am Strand hatte ich schon immer ihre kleinen Füße beobachtet und auch abends trug sie sehr, aus meiner Sicht, erotisches Schuhwerk. Irgendwie war sie eine tolle Frau und ich sah sie auch nicht gerade als meine Tante an. Wahrscheinlich auch, weil ich sie sehr selten sah und sie mich immer schon geil machte.

Auf der Rückreise von Spanien machten wir wieder eine Zwischenübernachtung in Frankreich. Da sie in dem riesigen Hotel alleine Angst hatte, beschlossen meine Eltern, dass ich mit ihr in einem Doppelzimmer nächtigen sollte. Mir war es recht, so musste ich nicht wieder mit dem ehemaligen Nachbarsjungen und seiner Schwester in ein Zimmer. Zunächst war alles unspektakulär, bis auf den Morgen, als meine Tante vorm Spiegel ihr T-Shirt auszog und ich ihre wohlgeformten Brüste mit den dunkelroten Brustwarzen im Spiegel zu sehen bekam. Was für ein Anblick!

Da bewegte sich schon wieder was in meiner Hose, auch wenn es meine Tante war. Von nun an waren nicht mehr nur die Füße für mich interessant, sondern auch andere Körperteile einer Frau. Ihr machte es anscheinend nichts aus, sich so vor mir zu entblößen. Ich bin mir sicher, dass sie wusste, dass ich sie im Spiegel sehen konnte. Ich war gerade mal dreizehn und voll in der Pubertät. Mich machte der Anblick meiner Tante extrem geil und ich hatte keine Möglichkeit abzuspritzen, auch wenn ich meine Hand unter der Decke hatte. Wie gerne hätte ich das bei dem Anblick getan.

Mich beschäftigte der Anblick die ganze Heimfahrt und in meinen Eiern fing der Saft vor Geilheit fast an zu kochen. Ich konnte mich erst wieder entspannen, als wir zu Hause angekommen waren. Das war eine endlos lange Heimfahrt und ich besorgte es mir gleich auf der Toilette.

Irgendwie wollte ich genau wie bei den anderen an ihre Strümpfe kommen, daran riechen und mich befriedigen. Mir ging das nicht aus dem Kopf und ich konnte an nichts anderes mehr denken. Im Moment gab es keine Möglichkeit, aber ich war mir sicher, dass diese irgendwann noch kommen würde.

Einige Jahre danach, ich hatte bereits einen Führerschein, fragte mich Tante Caro, ob ich nicht mit meinem Kumpel vorbeikommen könnte, sie müsse unbedingt die Wohnung renoviert haben. Für mich war das eine Chance und so packte ich meinen Kumpel an einem Wochenende in mein Auto. Sie hatte alles besorgt und wir machten uns auf den Weg. Auch mein Kumpel war von Tante Caro angetan, denn die war gerade mal Ende dreißig. Sie war schlank, hatte lange gelockte Haare und eine geile Figur.

Als wir in ihre Wohnung kamen, musste ich zuerst mal auf Toilette. In ihrem Bad auf dem Fußboden lagen ein Paar zusammen geknuddelte Kniestrümpfe, die ich zuerst in Augenschein nahm. Wie lange hatte ich auf diesen Moment gewartet. Ich nahm mir einen Strumpf und hielt ihn mir unter die Nase. Doch leider bin ich enttäuscht worden. Entweder hat sie die Strümpfe nicht lange getragen oder ihre Füße produzierten keinen Schweiß. Dies musste ich nun herausfinden, auch wenn es noch mal ein paar Jahre dauern würde.

Wir erledigten an dem Wochenende unsere Arbeiten und ich und vermutlich auch mein Kumpel zischten danach enttäuscht wieder ab. Na ja, immerhin hatte ich schon mal ihren Strumpf unter der Nase.

Da Tante Caro in Scheidung lebte, kam sie wenig später mit meinem Klassenkameraden Branko in Kontakt. Immerhin war sie doppelt so alt wie er, aber das schien sie nicht zu interessieren. Branko vögelte sie nach einer Feier in unserem Gartenhaus in Grund und Boden. Ich erlebte es mit, weil ich im Etagenbett über ihnen lag. Auch mein Bruder, der im Vorraum mit seiner Freundin lag, bekam die Orgie der beiden mit. Die beiden mussten aber zur Arbeit, sodass sich die beiden auf deren Schlafplätze verzogen, weil sie dort mehr Platz hatten. Dort vögelte Branko meine Tante Caro erneut und ich sah aus dem Etagenbett zu, wie er es ihr gab. Dabei stöhnte sie ganz laut und sie genoss es in vollen Zügen. Wäre ich nicht so schüchtern gewesen, hätte ich mitgemacht. Doch ich war eher der Typ, der sich im stillen Kämmerchen einen wichste. Branko vögelte sie in dieser Nacht fünfmal. Mein Gott, wo nahm er nur die Ausdauer her. Und ich wichste mir einen, während ich den beiden aus dem Etagenbett zusah.

An irgendeinem Wochenende trafen wir uns wieder bei ihr. Branko hatte sie an diesem Abend schon auf dem Klo gevögelt und nachts auch schon wieder im Schlafzimmer. Ich hatte auf dem Sofa geschlafen und bekam das natürlich mit. Meine Neugier brachte mich dazu, aufzustehen, um den beiden wieder zuzusehen. Ich blickte ganz vorsichtig am Türrahmen des Schlafzimmers vorbei. Branko war wie ein Stier und bei jedem Stoß wippten Tante Caros Füße hin und her. Branko gab ihr das, was sie wohl anscheinend so dringend brauchte.

Am nächsten Vormittag saßen wir bei ihr im Garten, versteckt zwischen Büschen, als wäre nichts gewesen. Branko sagte, ob wir nicht auch unsere Badehosen ausziehen wollen und Caro ihren Bikini. Kaum ausgesprochen flogen bei den beiden die Sachen und saßen nun splitternackt vor mir. Ich musste also nachziehen und habe auch meine Badehose heruntergezogen. Natürlich guckte erst einmal jeder auf das, was der andere zu bieten hatte, auch meine Tante. Irgendwie war es mir aber ein wenig peinlich, denn ich konnte nicht nur das dunkle Schamhaar meiner Tante sehen, sondern sie eröffnete mir auch weitere Einblicke mit einem frechen Grinsen. Ich hätte sie am liebsten angesprungen oder sie hätte mir einfach einen wichsen können. Mann, ich war richtig geil auf sie geworden. Aber ich war einfach zu schüchtern, sodass sich nichts dergleichen ergab. Also hoffte ich weiter auf ein Paar Strümpfe von ihr, um mich mit ihrem

Geruch zu befriedigen.

Mittlerweile war sie in unsere Nähe gezogen, auf Branko´s Drängen. Nun war sie auch öfters mal bei uns zu Hause, um ein wenig zu feiern. Wir saßen in einer gemütlichen Runde und ich merkte, dass sie mit ihrem Nylon bestrumpften Fuß sich an meinem Bein zu schaffen machte. Sie schaute mich dabei an und fing an zu lachen. Der Anblick ihrer schwarzen Nylonstrümpfe sowie ihre schwarzen Pumps machten mich schon vorher ganz wuschelig. Wieder streichelte sie mit ihrem Fuß über mein Bein. Was hatte das zu bedeuten?

Ich wusste nicht, wie ich darauf reagieren sollte und beließ es dabei. Ich wusste nämlich, das mein Tag kommen würde. Etwas später zog Tante Caro noch einmal innerhalb unserer Stadt um. Mein Vater fragte mich, ob ich nicht mit meinem Auto einen Tisch zu ihr bringen könnte. Er habe den Schlüssel zu ihrer Wohnung und sie sei an der Arbeit. Logisch, dass ich das übernahm, denn jetzt kam meine Chance. Ich habe den Tisch ganz schnell eingeladen und bin zu ihr nachhause gefahren. Ausladen und dann nichts wie an ihre Wäschetruhe. Dort fand ich ein paar Nylon Kniestrümpfe von ihr, die göttlich rochen. Sie muss sie ein paar Tage angehabt haben, denn sie rochen schon sehr stark, was mir außerordentlich gefiel. Im Flur standen noch ihre schwarzen Pumps, die ebenfalls sehr stark rochen. Also befriedigte ich mich in ihrem Bad und entlud mich ganz gewaltig, während ich abwechselnd an Schuh und Strümpfen roch. Die Strümpfe hatte ich hinterher mit nachhause genommen, für meine Sammlung, auf die ich sehr oft zurückgegriffen habe.

Fast fünfundzwanzig Jahre danach, ich war auch wieder Single, lud ich sie zu mir nachhause ein. Bereits an der Haustür zog sie ihre Schuhe aus und ich konnte auf dem Parkett die Abdrücke ihrer verschwitzten Füße sehen. Mich machte das schon wieder extrem geil, sodass ich vorgab, ein Beweisfoto ihres Besuchs zu machen. Ich wollte aber eigentlich nur ein Foto von ihren schwarz bestrumpften Füßen, damit ich mich bei dem Anblick später wieder befriedigen konnte. Das Foto habe ich heute noch!

Ich unterhielt mich mit ihr und sprach auch verschiedene sexuelle Themen an. Wir hatten einiges getrunken und ich war ganz dicht dran ihr zu sagen, dass ich sie gerne vögeln möchte. Aber anscheinend hatte sie das schon bemerkt und zog es vor, sich so langsam auf den Heimweg zu machen. Ich hatte aus der Aktion wenigstens ein Foto ihrer Füße.

Fazit:

Meine Tante Caro habe ich eigentlich niemals als Tante angesehen. Sie wohnte ja weiter weg, sodass ich sie in vielen Jahren nur selten gesehen hatte. Da sie ja mit meinem Kumpel Branko eine Beziehung einging und sie sich auch in meiner Gegenwart pausenlos von ihm vögeln ließ, hatte sie dann auch den letzten Funken Respekt verspielt. Ich hatte Branko mal im besoffenen Kopf gesagt, dass ich sie auch gerne mal vögeln würde. Darauf hin hatte er nichts Besseres zu tun, als ihr das bei der nächsten Feierlichkeit aufs Butterbrot zu schmieren. Sie sagte „ach"!
Ich bin mir nicht sicher, ob sie das nicht vielleicht doch gewollt hatte, aber aus ethischen Gründen nicht zuließ. Vielleicht hätte ich einfach meine Schüchternheit mal ablegen sollen und hätte bei den verschiedenen Gelegenheiten einfach mal dazu gehen sollen. Dann hätte ich gewusst, ob sie

bereit gewesen wäre. Branko war es sicherlich egal gewesen, der hat sie eh nur verarscht und ausgenommen!

Viele Jahre später bekam ich noch einmal die Gelegenheit, meiner Tante ein paar schwarze Strümpfe aus ihrer Wäschetruhe zu klauen. Die rochen auch wieder sehr stark und ich benutzte sie viele lange Jahre, um mich mit ihrem Geruch zu befriedigen.

Kitty
Meine heimlich Liebe

Im Jungendalter bin ich durch einen Kumpel in eine Clique gekommen, wo Kitty mit dem Bruder meines Kumpels zusammen war. Sie war recht klein, schnitt mir des Öfteren die Haare, weil sie Friseuse gelernt hatte. Sie hatte eine sexy Figur, sodass ich mir immer wieder sexuelle Handlungen mit ihr vorstellte. Ich kannte sie schon seit einigen Jahren aus unserer Schule, sie war eine Klasse über mir gewesen. Bereits in der Schule hatte ich schon unzählige Male versucht, einen Blick ihrer Füße zu erhaschen. Leider blieb mir das über viele Jahre verwehrt.

Da ich nun in der Clique war, konnte ich darauf hoffen, endlich meinem Ziel näherzukommen. Irgendwie war ich auch ein klein wenig verliebt in sie und ihre Füße, obwohl ich sie noch nie gesehen hatte.

Anscheinend war Kitty immer geil. Auch wenn ich mit meinem Kumpel bei ihnen in der Wohnung war, fummelte sie ständig ihrem Freund an der Hose herum. „Oh Schnucki", hat sie immer gesagt und dabei gelacht. Dieser wehrte sich, weil sie kurz zuvor erst Sex hatten. Wir wussten das, weil mein Kumpel eine halbe Stunde zuvor dort hineingeplatzt war, als er nachsehen wollte, ob wir hochkommen konnten.

Es machte mir den Anschein, dass sie unersättlich war und das sie laufend gevögelt werden wollte. Ihr Freund konnte es ihr anscheinend nicht besorgen und mich machten diese Gedanken umso geiler auf sie.

Nun saßen wir da und sie hatte ihre Füße auf dem Sofa unter einer Decke. Na ja, irgendwann musste sie ja nun auch mal aufstehen. Das tat sie auch und ich konnte zum ersten Mal ihre kleinen Füße betrachten. Ihre Fußnägel hatte sie lackiert, ansonsten war ihre Haut recht blass. Mich störte das nicht, im Gegenteil, mir gefiel es sehr gut und in mir sprudelten wieder Fantasien. Für den Abend hatten wir beschlossen, gemeinsam in eine Disco zu gehen. Kitty zog sich ein Paar Nylonstrümpfe über und schlüpfte dann in ihre Pumps. Ich konnte dem Anblick kaum widerstehen und auch Kitty hatte bemerkt, dass ich ihr beim Schuhe anziehen zusah. Aber mehr als ein leichtes Grinsen im Gesicht kam von Kitty nicht. So sind wir dann losgezogen und ich konnte sie schon unterwegs stöhnen hören, dass ihr die Füße wehtun. Wie gerne hätte ich ihr die Füße massiert!

Ein paar Stunden später befanden wir uns auf dem Rückweg und Kitty´s Freund trug sie bereits. Ihre Pumps hatte sie ausgezogen und hielt sie in der Hand. Kitty kicherte und machte laufend Scherze. So konnte ich mich laufend in Position bringen, um ihr auf die bestrumpften Füße starren zu können. Das war nicht aufgefallen, denn ich machte das sehr geschickt und außerdem hatten wir alle ganz gut getrunken.

Wieder in der Wohnung angekommen warf sich Kitty gleich aufs Sofa. Sie deckte gleich wieder eine Decke über ihre Füße, anscheinend hatte sie meine Blicke doch bemerkt. An diesem Abend sollte ich dort schlafen, weil ich nicht mehr mit meinem Mofa nachhause fahren sollte. Also schlief ich im Eingangsbereich der kleinen Wohnung, wo sich auch die Küche befand. Kitty und ihr Freund schliefen im Nebenzimmer. Die Toilette befand sich damals noch im Treppenhaus des Altbaus.

Als ich morgens aufwachte und zur Toilette musste, sah ich, dass ein Nylonstrumpf von Kitty in der Nähe der Wohnungstür lag. Keine Ahnung, wie er dort hingekommen war. Ich hatte nicht mitbekommen, dass sie ihren Strumpf dort ausgezogen hatte. Da lag die Vermutung nahe, dass sie meine Vorliebe erkannt hatte. Also nahm ich den Strumpf unauffällig mit zur Toilette und roch ausgiebig daran. Aber ich konnte so gut wie nichts riechen. Trotzdem machte es mich unheimlich geil. Da ich sowieso wach war, beschloss ich, nachhause zu fahren und den Strumpf mitzunehmen. Zu Hause habe ich mich dann in mein Bett gelegt und mich mit dem Strumpf befriedigt. Es machte mich extrem an, einen Strumpf von ihr zu haben, was mich wiedermal recht schnell abspritzen ließ. Ich hatte mir keine Gedanken darüber gemacht, ob an einem der kommenden Tage mal jemand wegen des Strumpfes nachfragen würde. Meine Antwort wäre eh klar gewesen. Aber es hat auch niemand mehr danach gefragt und ich hatte wieder ein Stück für meine Sammlung.

Fast genau dreißig Jahre danach habe ich Kitty durch Zufall in einem der sozialen Netzwerke wieder gefunden. Sie hatte meine Freundschaftsanfrage bestätigt und so durchsuchte ich ihre Seite nach einem eventuellen Fußfoto. Vergebens! Es gab nur ein Foto, wo sie schwarze Nylonstrümpfe und schwarze Pumps trug. Aber immerhin etwas!

Es dauerte auch nicht lange und so postete sie ein Foto von ihren Füßen, wie sie im Urlaub auf der Liege lag. Ihre Fußnägel waren rot lackiert und ihre kleinen süßen Füße hatte sie richtig gut in Szene gesetzt. Für mich war es ein Hochgenuss nach so langer Zeit.

Ein paar Wochen später lud sie noch ein Video hoch, wo sie am Strand barfuß durch den Sand ging. Ich bastelte mir eine Collage worauf sich ihr Gesicht und ihre Füße befanden. Dies nutzte ich als Vorlage, um immer wieder abzuspritzen. Nun frage ich mich natürlich, ob sie damals wirklich mitbekommen hatte, dass ich auf ihre Füße stand. Oder war es reiner Zufall, dass sie dieses Foto und das Video dort hochlud!

Fazit:

Wie gerne hätte ich Kitty´s Füße berührt und damit einiges angestellt. Nun war ich ja nun auch nicht der Traumtyp, sondern derjenige, der schüchtern und oftmals nichtssagend in der Ecke saß und heimlich seine Beobachtungen machte. Auch als sie wieder Single war, hatte ich nicht den Mut sie anzusprechen, weil ich genau wusste, dass ich nicht ihr Typ war. Also begnügte ich mich weiter mit ihrem Strumpf und den heißen Gedanken an ihre kleinen Füße.

Fahrschule
Fahrstunde in Strumpfhose

Zwischenzeitig machte ich dann auch meinen PKW Führerschein und nahm fleißig Fahrstunden. In dieser Zeit hatte mir die Farbe Blau schwer zu schaffen gemacht. Hauptsächlich blaue Strumpfhosen. Laufend sah ich Frauen in blauen Strumpfhosen, das muss wohl gerade „In" gewesen sein. Da ich keine Freundin hatte besorgte ich mir eine blaue Strumpfhose in irgendeinem Einkaufsladen. Dabei gab ich vor, die für meine Mutter kaufen zu sollen. Dummes Zeug, niemand hatte mich danach gefragt, warum rechtfertigte ich mich für den Kauf?

Endlich zu Hause angekommen packte ich das erworbene aus, das ich zuvor nach dem Kauf schnell in meiner Jackentasche verschwinden lassen hatte. Da ich alleine zu Hause war und ich auch wusste, dass ich diese Nacht alleine zu Hause schlafen würde, machte ich es mir abends im Bett mit der Strumpfhose gemütlich. Ich hatte sie angezogen und konnte es kaum erwarten, mich darin zu befriedigen. Es war ein einzigartiges Gefühl den Stoff an meinem Penis zu fühlen und diesen verstärkt durch die Strumpfhose zu reiben. So explodierte ich schon nach kurzer Zeit und ich saute die Strumpfhose richtig ein. Anschließend zog ich sie wieder aus und machte sie sauber, da ich am kommenden Tag etwas Besonderes damit vorhatte.

Die Strumpfhose war schnell wieder getrocknet, sodass sie die ganze Nacht neben mir im Bett lag, nachdem ich ein paar Flaschen Bier getrunken hatte. Am kommenden Morgen musste ich mich beeilen, da ich schon recht früh meine Fahrstunde hatte. So wie ich es mir am Vorabend vorgenommen hatte, zog ich die Strumpfhose zur Fahrstunde an. Darüber trug ich eine Jeans und hatte Cowboystiefel an. Was anderes hätte ich nicht anziehen können, weil man da ja eventuell etwas hätte sehen können. Also stieg ich schon unheimlich nervös ins Auto, weil mich der Gedanke, dass ich eine Strumpfhose trug, verrückt machte. Das mit mir irgendetwas nicht stimmte, bemerkte auch mein Fahrlehrer sehr schnell. Ich machte Fehler beim Fahren, die ich nie zuvor gemacht hatte und mein Fahrlehrer meckerte verständlicherweise herum. Ich war total nervös und konnte es eigentlich kaum abwarten, dass diese Fahrstunde zu Ende war. Endlich zu Hause angekommen bin ich dann auch gleich nach oben gegangen, hab mich bis auf die Strumpfhose ausgezogen und mich befriedigt. Wieder dauerte es nicht lange und ich entleerte mich ganz gewaltig.

Fazit:

Eigentlich weiß ich nicht wirklich, was mich dazu getrieben hatte, die Strumpfhose während der Fahrstunde zu tragen. War es das kühle Gefühl auf der Haut oder einfach nur das verbotene? In den Stiefeln fühlte es sich geil an, vielleicht auch, weil der Gedanke eines schönen Frauenfußes durch meinen Kopf ging. Ich malte mir aus, wie es ist, einer Frau den Stiefel auszuziehen und das mir dadurch ein fein bestrumpfter Fuß entgegenkommt. Niemals zuvor hatte ich das erlebt und existierte bis dahin nur in meiner Fantasie.

Tina
Die Frau die mich eigentlich nicht interessierte

Tina kannte ich aus unserer Schule und durch einen Kumpel. Sie arbeitete bei meinem Hausarzt und dort sah ich immer, wie sie unter ihrem Schreibtisch in weißen Socken mit ihren Schuhen spielte. Ich habe mich immer schon gefragt, wie ihre Füße wohl aussehen.

Da nun einer meiner Kumpels auf einmal mit ihr zusammen war und die beiden auch noch zusammen zogen, war ich guter Hoffnung, bald ihre nackten Füße zu Gesicht zu bekommen. Ebenfalls hatte ich Aussicht auf ihre Socken. Die Frau hatte mich eigentlich gar nicht interessiert, vielmehr war es der Drang, neue Fußformen zu sehen und den Fußgeruch der Frauen zu erkunden.

Wir waren im Sommer zusammen bei uns am See, als meinem Kumpel einfiel, dass er etwas Wichtiges zu Hause vergessen hatte. Da ich sowieso noch mal in die Stadt wollte, bat er mich, ob ich nicht zu Hause bei ihm vorbeifahren könne, um etwas mitzubringen. Ich überlegte nicht lange und sagte logischerweise zu. Zu diesem Zeitpunkt war ich schon extrem geil auf Tina's Füße, weil sie mir ihre nackten Füße die ganze Zeit unweigerlich am See präsentierte. Ganz nervös fuhr ich, dann zu den Beiden in die Wohnung wo ich wusste, dass ich gleich ungehindert in ihrer Wäsche stöbern konnte. Der Fahrstuhl dort brauchte eine Ewigkeit und ich stand endlich vor ihrer Haustür. Mit zittrigen Händen schloss ich die Tür auf und schaute erst einmal nach, ob ich auch wirklich alleine dort war. Zielstrebig ging ich ins Schlafzimmer, wo der Wäschekorb stand. In guter Hoffnung suchte ich nach dem, was ich erhoffte zu finden. Ich hielt sie in der Hand, Tina´s Socken, die sie wohl gestern an der Arbeit getragen haben musste. Ich nahm sie mit ins Bad, versperrte die Tür und legte mich mit geöffneter Hose auf den Boden. Nun   begann ich mir meinen Schwanz zu wichsen während ich an Tina´s Strümpfen roch. Es dauerte nicht lange und es kam mir gewaltig, allein schon wegen der Nervosität. Danach legte ich die Strümpfe wieder dort hin, wo ich sie herhatte und machte mich, mit dem was ich holen sollte auf den Rückweg. Niemand hat etwas bemerkt und ich war extrem erleichtert.

Fazit:

Schon im Vorfeld war ich so extrem erregt, dass mir mein Herz bis zum Hals schlug. Auch dort hatte ich mich nicht unter Kontrolle und meine Geilheit ging ins Gigantische. Ich hätte ihr gerne mal die Füße massiert und mich massieren lassen, auch wenn sie mich anfangs gar nicht interessierte. Doch leider blieb vieles in meinem Leben nur Fantasie.

Video Kassetten
Da kam was Neues auf mich zu

Es kam die Zeit der Videokassetten und die Videotheken sprossen nur so aus dem Boden. Ich ging natürlich nicht in die Videothek, wo auch meine Kumpels hingingen, sondern suchte mir eine andere. Die ich mir ausgesucht hatte war, größer und hatte auch eine größere Pornoecke. Da ich den Gedanken hatte, vielleicht nicht der einzige mit dieser Vorliebe zu sein, suchte ich in den frühen achtzigern in der Videothek nach Filmen zum Thema Füße und Nylons. Leider vergebens!

Meistens fand man Pornos als Heimatfilm oder die meisten kamen aus Amerika und waren immer mit poppiger Musik unterlegt. Zumindest hatten die Amis schöne Frauen am Start. Frauen wie Ginger Lynn, Amber Lynn und wie sie alle hießen. Nun gut, die Frauen stöhnten unheimlich in den Filmen, das war gut synchronisiert. Aber schöne Frauenfüße suchte ich in den Filmen vergebens. Hin und wieder konnte man mal kurz etwas sehen, aber speziell zum Thema Füße und Nylons musste die Zeit erst noch kommen. So vergnügte ich mich einmal die Woche mit den Filmen aus der Videothek an dem Tag, wo meine Eltern zum Spieleabend weg waren. Ich hatte so viel

Druck, dass ich mich an diesen Abenden vier bis fünfmal befriedigte. Dabei nervte mich das laufende hin und her spulen der Kassette, um die gewünschte Szene immer wieder zu wiederholen, bis ich meinen Höhepunkt hatte. Dazu kam, dass mir das kurze Kabel an der Fernbedienung auch noch zu schaffen machte. Nebenbei leerte ich einen Sechser Träger Bier, manchmal sogar zwei. Tolles Liebesleben!

Ein paar Jahre später wurde ich dann auch zum Thema Füße fündig, leider immer noch handverlesen. Es gab nicht viel, aber die Kameraleute hatte jetzt des Öfteren auch mal bei den Szenen die Füße im Bild.

Eine ganze Zeit danach fand ich einen Film, der wie für mich gemacht war. „Die Nylon Fetischisten". Dort sah ich zum ersten Mal einen Nylon Footjob, was mich sehr erregte. Gerne hätte ich meinen Penis da zur Verfügung gestellt. Ich sehnte mich regelrecht nach einer einfühlsamen Frau, die genau das mit mir machte. Leider hab ich es nie erlebt.

Auch als ich später verheiratet war, trieb es mich immer wieder in irgendeine Videothek, um mir Anschauungsmaterial zu besorgen um meiner Fantasie freien Lauf zu lassen. Denn das, was ich gerne beim Sex wollte, bekam ich zu Hause nicht. Ich habe zwar mit meiner Frau geschlafen, hat auch Spaß gemacht, aber gerne hätte ich meinen Penis auch mal zwischen ihre Füße gesteckt.

In den vielen Jahren habe ich meiner Fantasie freien Lauf gelassen und mich selbst befriedigt. Schön wäre es natürlich gewesen, meine Fantasien in unser Sexleben einzubauen. Aber meine Frau fand es widerlich, dass ich so auf Füße abfuhr. Sie konnte damit nicht umgehen, auch wenn sie es ein paar mal versucht hatte.

Etwa Mitte der neunziger fiel mir die Zeitschrift „Legshow" auf, die ich mir nun regelmäßig kaufte. Ich wollte einfach schöne Füße sehen und mich darauf befriedigen. Unter meinem Büroschrank versteckte ich die Zeitschriften vor meiner Frau, die es eh nicht verstanden hätte, wenn ich sie damit konfrontiert hätte. Wenig später kaufte ich jetzt alte Videokassetten, die ich ebenfalls vor ihr versteckte. Mittlerweile gab es immer mehr Filme zum Thema Füße und Nylon, sodass ich jetzt das sehen konnte, was ich mir in meiner Fantasie ausmalte. Wenn ich das zu Hause schon nicht bekam, wollte ich mich zumindest anhand der Filmvorlagen befriedigen.

Irgendwann hatte ich mich dazu entschlossen, mir einen Internetzugang zuzulegen. Dass ich dort auf Pornoseiten stoße, wusste ich zu Beginn nicht. Eine ganze Weile, nachdem ich meinen ersten Computer bedienen konnte, gab ich einfach mal „Füße" in die Suchmaschine ein. Ich hatte nicht gedacht, dass es da was im Internet gibt. Es gab jede Menge Seiten zu dem Thema und ich machte mich auf die Suche nach Fotos. Dabei stieß ich auf mehrere Seiten, die die Füße prominenter Frauen zeigte. Da gab es schon die ein oder andere Moderatorin, deren Füße ich gerne sehen wollte. Auch die von Schauspielerinnen, Sportlerinnen und vielen anderen. Also gab es für mich viel zu tun.

Fazit:

Es mag vielleicht verrückt klingen, aber ich merkte erst einmal, dass ich mit meinem Fetisch nicht alleine da stand, sondern das es viel mehr Männer gab, die diese Vorliebe hatten. Im Internet machte ich mich von nun an schlau und fing langsam an zu verstehen, worum es bei diesem Fetisch überhaupt ging. Ich habe aber auch nie den Mut gehabt, richtig offen mit meiner Frau über das Thema zu reden. Irgendwie war es mir peinlich und zugleich hatte ich Angst, durch ein offenes Gespräch meine Frau zu verlieren, weil sie es nicht verstehen würde. Also ließ ich alles wie es war und lebte ein wenig in meiner eigenen Welt. So konnte ich meine Vorliebe heimlich ausleben, ohne dabei das Gefühl zu haben, fremd gegangen zu sein. Zumindest sehe ich das so!

Henriette
Meine erste große Liebe

In meiner Schulklasse war Henriette eine der hübschesten Mädchen, die sehr gut wusste, sich in Szene zu setzten. Sie hatte immer irgendwelche Jungs am Start, also machte ich mir keine Gedanken darüber, sie vielleicht mal um ein Date zu fragen. Ich war immer auf ihre kleinen Füße fixiert, sodass ich alles dafür gegeben hätte, um an ihre Füße zu dürfen oder ihre Strümpfe zu bekommen. Aber ich hatte keine Chance bei ihr, dachte ich zumindest!

Irgendwie sind wir doch zusammen gekommen und ich hatte mich unsterblich in sie verliebt. Ich wusste nun auch, dass der Zeitpunkt gekommen war, wo ich das erste Mal richtigen Sex haben würde. Ich freute mich sehr darauf und eines Tages lag Henriette bei uns im Garten auf der Liege. Meine Eltern waren nicht da, das war die Gelegenheit sie endlich zu vögeln. Wir hatten zwar schon ein paar mal Petting gemacht, wo sie mir meinen Schwanz extrem geil gewichst hatte. Aber ich wollte an diesem Tag mehr und so landeten wie oben bei mir im Bett. Zum ersten Mal sah ich auch ihre nackten kleinen Füße, was mich noch geiler auf sie machte. Ich steckte ihr meinen Schwanz in ihre extrem feuchte Muschi und fickte sie das erste Mal richtig durch. Sie stöhnte zwar nicht laut, aber ich war mir sicher, dass es ihr gefallen hatte, denn wir vögelten von nun an öfters. Ich liebte es, wie sie mich heiß machte und ich denke heute noch oft daran, wie sie mir auch öfters einfach mal meinen Schwanz mit Daumen und Zeigefinger wichste, bis ich mächtig abspritzte. Aber irgendwann gab sie mir dann den Laufpass!

Einige Zeit später kam sie mit meinem Bruder zusammen und jetzt sollte es sich doch irgendwann mal ergeben, an ihren Strümpfen zu riechen. Dies war in der Zeit unseres Zusammenseins nicht möglich gewesen. Eines Abends kam mein Bruder mit ihr nachhause und Henriette sollte bei uns schlafen. Mein Bruder hatte mich darum gebeten, ob ich nicht für eine Nacht im Wohnzimmer schlafen könnte, da wir ein gemeinsames Zimmer hatten. Ich sagte ihm zu, obwohl ich wusste, dass ich dann nicht an ihre Strümpfe kommen würde. Aber nun hatte ich solange gewartet, da kam es jetzt auf ein paar Wochen mehr oder weniger auch nicht an in der guten Hoffnung, dass sie jetzt öfters bei uns nächtigen wird.

Als wir am nächsten Morgen zusammen frühstückten, konnte ich zumindest mal wieder ihre kleinen nackten wohlgeformten Füße sehen. Ihre Strümpfe hatte sie wohl noch im

Zimmer liegen. Ich fand aber keinen Vorwand, um kurz in mein Zimmer zu müssen. Also musste ich warten, bis sich die Gelegenheit ergab. Am kommenden Wochenende stand mein Bruder wieder mit ihr bei uns auf der Matte. Wieder hatte er mich gebeten, im Wohnzimmer zu nächtigen. Nun wollte ich auch nicht laufend auf dem Sofa schlafen und verneinte die Frage meines Bruders. Henriette sagte, dass ihr das nichts ausmachen würde, wenn ich mit im Zimmer schlafe. Mein Bruder musste das so hinnehmen und ich wurde ganz nervös, weil ich wusste, dass nachher irgendwo ihre Strümpfe liegen würden. So kam es auch, denn ich ging eine ganze Zeit später ins Bett als die beiden. Als ich mein Zimmer betrat, lagen ihre Strümpfe unmittelbar neben meinem Bett. Beide schliefen und so kickte ich mir einen Strumpf beim ins Bett gehen so in Position, dass ich, wenn ich mich auf die Bettkante setze, den Strumpf aufheben konnte. Mich hat das so nervös und geil gemacht, dass ich mir gleich den Strumpf unter die Nase gehalten habe. Mein Gott, roch der geil!

Extremer hätte ich mir ihren Fußschweiß nicht vorstellen können. Ich legte mich auf den Rücken, roch an dem Strumpf und befriedigte mich, was auch wieder ungemein schnell ging. Danach rollte ich den Strumpf in etwa so zusammen, wie er vorher war und warf ihn wieder auf den Boden. Am nächsten Morgen grinste mich Henriette an, ohne das ich wusste warum.

Die ganze Woche über wartete ich nur darauf, dass mein Bruder am Wochenende wieder mit ihr zu uns nachhause kam. Er ließ abends auch nicht lange auf sich warten und die beiden verkrochen sich wieder in unser Zimmer. Als ich dann wieder eine ganze Zeit später schlafen gehen wollte, sah ich, dass ihre Strümpfe nun direkt vor meinem Bett lagen. Was für ein Hochgenuss sollte das jetzt geben, wenn ich ihre Strümpfe wieder mit in mein Bett nehme. Das tat ich auch und als ich mich in Position gelegt hatte, bemerkte ich, dass Henriette sich in ihrem Bett so gedreht hatte, dass sie mich beobachten konnte. Ich war so geil auf ihre stinkenden Söckchen, dass es mir egal war, ob sie mir zusah oder nicht. Und sie sah mir zu, wie ich unter der Decke meinen Schwanz wichste, während ich an ihren Söckchen roch. Wieder hatten sie ein unheimlich geiles Aroma. Ich kann mich noch an ein weiteres Wochenende erinnern, wo es ähnlich ablief. Sie kamen und ich folgte später ins Bett. Auch diesmal wieder fand ich ihre Strümpfe direkt neben meinem Bett. Nur diesmal konnte ich im Dunkeln sehen, dass Henriette sich bereits so gelegt hatte, um gute Einblicke zu haben, auf das, was ich vorhatte. Sie stellte sich zwar schlafend, aber ich wusste genau, dass sie nur so tat, als wenn sie schlief. Ich schnappte mir wieder ihre Strümpfe, legte mich auf den Rücken und begann mir meinen Schwanz zu wichsen. Ich konnte genau sehen, dass sie mich beobachtete. Also zog ich die Decke ein wenig zur Seite und gewährte ihr Einblick, auf das was ich tat. Mit ihrem geilen Duft spritzte ich mal wieder sehr schnell ab. Ich weiß genau, dass sie mir zugesehen hat, weil sie mich am nächsten Morgen um so mehr angrinste. Anscheinend hatte sie gefallen daran, mir beim Wichsen zuzusehen.

Es kam der Tag, an dem mein Bruder beim Militär einen Wochenenddienst aufgedrückt bekam. Henriette war bereits bei uns, weil die beiden sich verabredet hatten. Wir hatten etwas getrunken und meine Eltern wollten nicht, dass sie abends noch alleine nachhause geht. Also sollte sie bei uns schlafen, genauer gesagt, mit in meinem Zimmer. Wir wussten, glaube ich beide, was an diesem Abend passieren würde. Sie legte sich unaufgefordert auf eine Matratze vor mein Bett. Ich hatte gute Nacht gesagt und das Licht ausgemacht. Plötzlich spürte ich, dass ihre Hand unter meine Decke wanderte. Sie massierte meinen Schwanz durch die

Schlafanzughose. Henriette machte sich hoch und zog die Decke beiseite. Zugleich zog ich meine Schlafanzughose herunter und sie begann, meinen Schwanz zu lutschen. Ich lag auf dem Rücken und genoss es, wie sie das machte. Mich machte das so geil, dass ich ihr kurz darauf in den Mund spritzte und ich sah, wie ihr der Saft aus dem Mund lief. Was für ein kleines geiles Biest! Danach legte sie sich schlafen, als wäre nichts gewesen!

Irgendwann war mein Bruder mit ihr in eine gemeinsame Wohnung gezogen. Wir hatten abends bei uns etwas gefeiert, sodass die beiden diese Nacht bei mir mit im französischen Bett schliefen. Morgens war ich noch so geil von den Anblicken des Vortages, als plötzlich wieder ihre Hand unter meine Decke wanderte. Ich war so geil, dass ich sofort als ich das bemerkte, meine Unterhose vorne herunterzog und ihrer Hand freien Lauf ließ. Sie nahm wieder meinen Schwanz zwischen Daumen und Zeigefinger und wichste ihn heftig, bis ich ganz gewaltig abspritzte. Sie war immer noch ein kleines geiles Biest! Da hatte sie es doch wirklich drauf angelegt, mir einen zu wichsen. Oh Mann, wie ich das genossen habe. Danach streifte sie mein Sperma an meiner Unterhose ab und tat so, als wäre nichts gewesen.

Die beiden hatten sich später einen kleinen Garten angemietet und ich sollte zu Grillen kommen. Wir hatten an dem Abend ein wenig getrunken, sodass ich mit in dem Wohnwagen schlafen sollte, den sie vorerst dort hineingestellt hatten. Sie war mal wieder vor mir zu Bett gegangen und ihre Ringelsöckchen legte sie wieder genau vor meinem Schlafplatz. Anscheinend wollte sie mir wieder zusehen. Den ganzen Tag über hatte sie hohe Turnschuhe von einem bekannten Hersteller an, sodass sich mein Verdacht bestätigte. Ihre Socken rochen dermaßen stark, dass mich das wieder unheimlich geil machte, als ich an ihnen roch. Wieder befriedigte ich mich und sie sah mir ganz genau dabei zu, während mein Bruder schlief. Am liebsten hätte ich ihre Socken mitgenommen, damit ich später noch etwas davon habe. Aber das wäre sehr auffällig gewesen.

Eine kurze Zeit später half ich meinem Bruder beim Renovieren. Er musste kurz etwas holen, sodass ich mich erst einmal an ihren Wäschekorb zu schaffen machte. Dort fand ich eine schwarze Strumpfhose, wo noch die weißen Söckchen an den Fußteilen hingen. Sie muss sie auch wieder in ihren Sportschuhen getragen haben, denn der Geruch war einzigartig und ich begann meinen Schwanz in ihrem Schlafzimmer zu wichsen. Das ging mal wieder ganz schnell, weil ich ohne Ende geil war. Danach legte ich die Strumpfhose wieder zurück und ging erst einmal ins Bad.

Es kam, wie es kommen musste und ich traf sie mal alleine Zuhause an, als mein Bruder für ein paar Tage weg war, was ich nicht wusste. Sie bat mich herein und sie wusste in diesem Moment wahrscheinlich genau wie ich, dass ich sie jetzt vögeln werde. Wir hatten kaum ein Wort gewechselt und sie ging mir auch direkt an die Hose und begann mein bestes Stück in den Mund zu nehmen. Ich wollte sie gerne lecken, aber sie wollte es nicht und ich nahm sie erst einmal von hinten. Wie oft hatte ich mir vorgestellt, sie von hinten in ihr pralles Hinterteil zu vögeln. Sie genoss es, aber ich war so erregt, dass es mir viel zu schnell kam. Also musste ich sie von nun an öfters treffen, um sie ausgiebig zu vögeln, denn das brauchte sie anscheinend. Ich habe sie dann einige male bis zum Umfallen gevögelt, bis wir fast erwischt worden wären. Danach haben wir es gelassen, weil es nicht richtig war, was wir getan hatten.

Vor einiger Zeit hatte ich sie mal in einem der sozialen Netzwerke daran erinnert, wie geil doch die Zeit früher war und habe sie nach einem Fußfoto gefragt. Leider schickte sie mir keins. Ich hätte mich aber gefreut!

Fazit:

Henriette hatte mir ziemlich meinen Kopf verdreht. Immer wieder musste ich in meinem Leben an sie denken und wie geil es doch mit ihr war. Ich habe sehr oft von ihr geträumt, zum Beispiel, dass ich sie nur bekleidet mit einer Strumpfhose im Bad gevögelt habe. Als ich nach dem Traum aufgewacht war, hatte ich eine mächtige Latte und musste es mir erst einmal besorgen, weil mir diese geilen Gedanken nicht mehr aus dem Kopf gingen. Aber auch ihre kleinen Füße in Strümpfen verfolgten mich in meinen Träumen, sodass ich so manchen Morgen dermaßen geil auf sie war, dass ich fast alles dafür gegeben hätte, sie in diesem Moment zu vögeln. Leider blieb mir nur meine Hand und diese extrem heißen Gedanken.

Doch nach einiger Zeit kam ich über die sozialen Netzwerke wieder mit ihr in

Kontakt. Irgendwie kamen wir auf das Thema Füße zu sprechen und wir tauschten unsere Telefonnummern aus. Nun begann ein heißer Austausch zum Thema Füße. Henriette wollte alles über meinen Fetisch wissen und wäre eigentlich auch dazu bereit gewesen, mir meinen Schwanz mit ihren Füßen zu wichsen. Doch unsere beiden Beziehungen hielten uns davon ab, das zu tun. Aber immerhin hatte sie verstanden, worum es bei mir ging und sie schickte mir sogar Bilder von ihren Füßen, nackt und in Strümpfen. Aber mir war das nicht genug, denn ich wollte unbedingt wieder ihren Fußgeruch in der Nase haben. Also fragte ich sie, ob ich ihr ein Paar Strümpfe bringen kann, die sie für mich trägt. Das machten wir dann auch so und sie schickte mir die stinkenden Strümpfe wieder zu. Ich war beim Auspacken unheimlich nervös und mein Schwanz stand auch schon. Also wichste ich mir meinen Schwanz beim

Anblick ihrer Füße und einem unheimlich geilen Geruch.

Ich hätte sie ja unheimlich gerne wieder gevögelt, ihr dabei an den Füßen gerochen und sie anschließend mächtig vollgespritzt. Doch unser Verstand war diesmal stärker als vor den vielen Jahren.

Die Baustelle mit Toga
Strumpfhosentraum

Während meiner Lehrzeit war ich immer recht froh, wenn mich Toga fragte, ob ich ihm auf einer Baustelle helfen kann. Dabei konnte ich mir ein paar Mark extra verdienen. Wir hatten uns nach Feierabend vor einem Hochhaus verabredet. Er hatte dort eigentlich schon alles soweit erledigt, bis auf ein paar Putzarbeiten. Ich konnte ihm nicht wirklich viel helfen, aber was sollte es, ich reichte ihm Material an und bekam dafür Geld, was ich dringend brauchte. Toga sagte auf einmal, dass er noch mal losfahren muss, um Material zu holen. Er sagte mir, was ich in der Zwischenzeit machen sollte und verschwand. Da ich zu Beginn mitbekommen hatte, dass in der Wohnung eine junge Frau wohnte, fiel mir der Wäschekorb auf, der in einem der Zimmer stand. Da es für mich so aussah, als wenn dort eine Strumpfhose herausgehangen hätte, machte ich mich nach Toga's Abwesenheit auf Entdeckungstour. Der Wäschekorb war mit einem Handtuch abgedeckt, was ich ganz vorsichtig beiseite zog, um zu sehen, was noch in dem Korb war. Zu meinem Erstaunen war der ganze Wäschekorb voll mit Strumpfhosen. Ich schätze mal so circa fünfundzwanzig Stück.

Ich nahm mir die erst beste und roch an den Fußteilen. Leider waren die Strumpfhosen bereits gewaschen. Aber wem gehörten sie, welche Frau hatte so viele Strumpfhosen?

Da sie so viel hatte, ging ich davon aus, dass sie sie täglich wechselt. Aber warum wechselte sie täglich ihr Strumpfhose? Wahrscheinlich, weil ihre Füße so extrem rochen, zumindest glaubte ich das. Vielleicht machte sie aber auch ganz andere Sachen damit. Also machte ich mich auf die Suche nach getragener Wäsche der unbekannten Frau. Aber anscheinend wohnte hier schon etwas länger niemand mehr, denn ich fand nur saubere Klamotten. Ich hatte ja nun auch die Zeit im Nacken, sodass ich mich beeilen musste. Da ich mal wieder sehr aufgeregt war, schlug mir mein Herz mal wieder bis zum Hals. Ich konnte es nicht lassen, mir eine Strumpfhose zu nehmen und diese unter meiner Arbeitshose anzuziehen. Noch schnell die Arbeitsschuhe wieder an, denn Toga konnte jeden Moment zurück sein. Es dauerte auch nur ein paar Minuten und schon stand er wieder auf der Matte. Er hatte nicht einmal zu beklagen, dass ich überhaupt nichts gemacht hatte. Ich fragte ihn, ob er wisse, wer denn hier in der Wohnung wohnt. Er sagte, eine Frau mittleren Alters, die nicht weit von hier in einer Bar arbeitet. Klar, da musste sie anscheinend immer gut gekleidet sein, das erklärt auch die vielen Strumpfhosen. Das ihr da die Füße nach einem langen Tag qualmen, verstehe ich voll und ganz. Denn das war es, was ich suchte, eine Frau die Strumpfhosen trug und dabei noch den geilen Fußduft produzierte. Toga sagte, dass wir jetzt Feierabend machen und das wir den Schlüssel noch zu der Mieterin in die Bar bringen. Wir hatten zwar so gut wie nichts gemacht, aber damit war ich einverstanden. Zum einen, weil ich nun auch sehen konnte, wem der Inhalt des Wäschekorbes gehörte, zum anderen, weil ich endlich Nachhause kam und mir den Druck raus Schleudern konnte. Aber zunächst fuhren wir kurz in die Bar und brachten der Dame den Schlüssel. Toga stelle mich kurz vor und ich war doch recht verlegen, weil ich wusste, dass ich eine Strumpfhose dieser attraktiven Frau unter meiner Arbeitshose trug. Toga merkte, dass es mir unangenehm war, doch wusste er nicht warum. Die hübsche Bedienung hatte uns eine Cola gemacht, die wir recht schnell ausgetrunken hatten. Danach bin ich ganz fix nachhause gefahren und habe mich dermaßen entleert, das ich danach total erschöpft ins Bett gefallen bin.

Fazit:

Viel lieber wäre es mir natürlich gewesen, eine getragene Strumpfhose von ihr in den Händen zu halten und beim Befriedigen daran zu riechen. Dabei wäre es mir wahrscheinlich doppelt so schnell gekommen. Doch leider musste ich mich mit der gewaschenen vergnügen. Aber alleine der Gedanke daran, dass die Bedienung sie getragen hatte, machte mich unheimlich geil.

Die drei Geschwister
Und eine große Liebe

Die erste der drei Schwestern lernte ich bei einem Kumpel kennen. Wir hatten uns nach der Berufsschule dort getroffen, um zu plaudern und ein paar Bier zu trinken. Mein Kumpel legte gerade eine Schallplatte auf, als die Tür aufging und zwei Mädels hereinkamen. Die eine guckte vorsichtig durch die Tür und die zweite folgte ihr. Mein Kumpel stellte mich den beiden Mädels vor und wir kamen auch gleich ins Gespräch. Die eine fiel mir gleich auf, weil sie Sportschuhe trug und rote Strümpfe anhatte. Da bekam ich gleich wieder Fantasien! Ich bemerkte, dass die in den roten Strümpfen Interesse an mir zeigte. Doch noch während wir uns unterhielten, hörte ich heraus, dass sie einen Freund hat. Also machte ich hier stopp und schaute mir die andere mal an. Die war eigentlich auch nicht von schlechten Eltern, sodass ich es vorzog, mich nun mehr um sie zu kümmern. Schnell hatte ich sie an der Leine und sie wollte mit mir nach draußen auf die Terrasse gehen. Ich habe nicht nachgefragt, warum und bin ihr einfach gefolgt. Draußen erklärte sie mir, dass sie schon über fünfzig Freunde gehabt hat. Wollte sie mich verschrecken oder was wollte sie mir damit sagen?

Irgendwann nahm mich mein Kumpel zur Seite und erklärte mir, dass diese Frau nichts für mich sei. Sie habe schon etliche Freunde gehabt und würde nur alle verarschen. Mir war es egal, denn ich hatte nichts anderes im Kopf als nachzuschauen, ob ich irgendetwas von ihren Füßen sehen konnte. Fehlanzeige! Nichts zu sehen, noch nicht einmal, was für Strümpfe sie trug. Wir unterhielten uns dann gemeinsam bei meinem Kumpel im Zimmer und ich wartete auf die Schwester der anderen, die ja auch noch kommen wollte! Es war für mich, als würde die Sonne aufgehen, als eine blonde junge Frau mit Zopf das Zimmer meines Kumpels betrat. Sie stellte sich mir vor und setzte sich mir schräg gegenüber. Ich war überwältigt, als ich sah, dass sie genau dieselben Sportschuhe trug wie Henriette. Also konnte ich davon ausgehen, dass ich bei ihr auch auf einen extremen Fußschweiß stoßen konnte. Das ließ mich nervös werden und ich beschloss, meinen neuen Kumpel ab jetzt öfters zu besuchen, um mich in seine Clique zu integrieren. Natürlich machte ich das nicht ohne Hintergedanken. Für mich gab es nur ein Ziel, entweder die Füße der Mädels oder auch einfach nur ihre getragenen Strümpfe. Sollte es sich ergeben, dass ich sie vögeln kann, würde ich natürlich nicht nein sagen.

So verging einige Zeit, ohne das ich irgendwie vorwärtskam. Mein Kumpel erzählte mir, dass er mit seiner Mutter bei den beiden Schwestern mit ins Haus ziehen würde. Er hätte in der oberen Etage sein Zimmer neben den der beiden Mädels. Für mich kam das wie gerufen und ich kündigte mich auch gleich, nachdem sie umgezogen waren, an. Mein Kumpel zeigte mir gleich sein Zimmer mit der Bemerkung, dass er sich mit den Mädels ein Bad teilen muss. Wir saßen nicht lange in seinem Zimmer und ich verspürte den unheimlichen Drang, zur Toilette zu müssen. Nicht weil die Blase voll war, sondern weil ich gucken wollte, ob ich da ein Paar Strümpfe der Mädels fand. Gleich rechts, wenn man die Tür öffnete, hatten die drei ihre schmutzige Wäsche gehäuft. Die Tür hatte ich hinter mir zugeschlossen und begann nach Strümpfen zu suchen. Ich wurde auch recht schnell fündig. Ich fand ein paar Nylon Söckchen mit Tupfen darauf, die ein wenig verschwitzt rochen. Wem gehörten sie nun? Letztendlich war es mir egal und ich holte mir die Söckchen kurz, bevor ich nachhause gefahren bin. Ich hatte sie mir in die Unterhose gesteckt, nicht das sie irgendwie aus meiner Hosentasche heraus schauen. Ich bin dann im Eiltempo nachhause gefahren, um mich ausgiebig zu befriedigen. Schließlich hatte ich einige Zeit auf den Moment gewartet und wollte jetzt die Zeit nicht mit belanglosen Dingen vertrödeln. Also ging es sofort aufs Bett und ich holte mir einen runter, während ich wieder mal an neuen Errungenschaften roch.

Wir waren dann alle mal zusammen bei einer der älteren Schwester der beiden Mädels und haben ein wenig gefeiert. Die große Schwester war ein wenig betrunken und sie machte mir laufend Knutschflecke. Aber irgendwie interessierte sich mich nicht wirklich, bis auf die Tatsache, dass sie überwiegend Nylons und Pumps trug. Da ich sie ein paar Tage zuvor mit weißen Nylonstrümpfen gesehen hatte und sie diese an dem Tag nicht trug, war mein Verdacht groß, dass ich sie eventuell im Bad finden könnte. Also habe ich mich ins Bad begeben und ihre Wäschetruhe durchsucht. Da lagen sie, die weißen Nylon Kniestrümpfe und ich hatte nichts Besseres zu tun, als sie mir wieder in die Unterhose zu stecken und mit nachhause zu nehmen. Ich habe dann die Feier verlassen und bin mit dem Taxi nachhause gefahren. Nun befriedigte ich mich zu Hause unheimlich schnell und die Strümpfe fanden einen Platz in meiner Sammlung.

Da die in den roten Strümpfen mittlerweile nicht mehr mit ihrem Freund zusammen war, machte ich mich an sie heran und wir wurden ein Paar. Ich kann mich noch genau daran erinnern, wie ich sie seitlich von hinten gefickt habe und ich dabei den Anblick ihrer Füße, an denen sie weiße Söckchen trug, genoss. Das war schon eine geile, Sache mit ihr. Mir hat es auch immer gefallen, wenn ich sie geleckt habe und sie mir dabei mit ihrem Fuß meinen Schwanz massierte. Ich konnte es dann immer kaum erwarten, ihn ihr hineinzustecken. Sie war beim Sex immer sehr laut, schrie das ganz Haus zusammen. Das machte mich aber immer noch geiler, weil ich sah, dass es ihr gefiel. Ich fickte sie so oft es ging. Schöner wäre natürlich eine eigene Wohnung gewesen, aber die hatte ich zu der Zeit leider noch nicht.

Abends waren wir auf einer Feier eingelanden, auf der ich viel getrunken hatte. Dass den Abend nichts mehr lief, war klar. Aber als wir am nächsten Tag von der Nachfeier kamen, konnte ich es kaum erwarten sie zu ficken. Sie trug Stiefel und ich wusste nicht, was sie für Strümpfe darin trug. Alleine das machte mich ganz nervös und nachdem ich sie auf den Sessel gedrückt hatte, zog ich ihr zuerst die Stiefel aus. Sie trug weiße Kniestrümpfe, die schon ein wenig nach unten gerutscht waren.

Ich riss ihr regelrecht die Klamotten herunter, kniete vor dem Sessel und steckte meinen Schwanz tief in sie hinein. Ihre Beine hatte ich rechts und links im Arm und ich sah, wie bei jedem Stoß ihre Füße mit wippten. Sie schrie mal wieder alles zusammen, was mich genau so antörnte wie der Anblick ihrer geilen Füße. Das sind halt so Ereignisse, die man nie vergisst!

Irgendwann habe ich ihr den Laufpass gegeben, weil das Miststück mich betrogen hatte. Anscheinend hatte ich sie nicht genug gevögelt!

Da mich aber ihre gleichaltrige Schwester ebenso interessierte, besuchte ich die Familie noch eine ganze Zeit nach unserem Aus. Ich musste herausfinden, wie sehr ihre Füße in den Sportschuhen riechen. Ich war an einem Wochenende zum Grillen dort eingeladen. Eigentlich war ich gerade im Begriff zu gehen, da musste ich vorher noch einmal zur Toilette. Im Bad, auf den unteren Etage, hatten sie einen alten Schrank, wo sie auch noch ihre Schmutzwäsche sammelten. Nachdem ich die Toilette benutzt hatte, öffnete ich den Schrank ganz vorsichtig und fand eine Strumpfhose, die die Blonde vor ein paar Tagen getragen hatte. Das war meine Chance. Ich nahm mir die Strumpfhose aus dem Schrank und steckte sie wieder in meine Unterhose. Jetzt musste ich aber schnell nachhause, denn ich konnte es kaum erwarten, daran zu riechen. Kurz verabschiedet und nichts wie weg. Zu Hause angekommen zog ich mich gleich komplett aus und legte mich mit der Strumpfhose aufs Bett. Ich roch an ihren extrem riechenden Fußteilen und massierte dabei meinen stark erigierten Schwanz. Mein Gott, ging das schnell! Ich spritzte eine mächtige Ladung ab. Auf diesen Moment hatte ich auch schon ewig gewartet. Am liebsten hätte ich sie auch gevögelt, aber sie stand leider nicht auf mich.

Irgendwann bin ich dann wieder hingefahren, um sie zu besuchen. Ich klopfte vorsichtig an ihre Zimmertür. Sie bat mich herein und ich wollte eigentlich nur kurz mit ihr plaudern. Sie fragte mich, ob ich das riechen würde. Ich fragte was? Sie sprach von ihren Käsequanten und lachte dabei. Sollte das vielleicht eine Anspielung sein? Ich hatte den Wink nicht verstanden. Vielleicht wollte sie ja, dass ich an ihre Füße gehe. Sie hatte sie mir noch in ihren Hausschuhen hingehalten. Das war meine Chance an ihre Füße zu kommen und ich Idiot war zu schüchtern darauf einzugehen und verschwand mit dem Gedanken nachhause.

Fazit:

Vielleicht hatte die blonde ja doch Interesse an mir gehabt. Es musste ja nicht gleich eine Beziehung sein, ein bisschen Spaß zwischen uns wäre sicherlich geil gewesen. Ich habe mir beim Wichsen oft vorgestellt, wie sie mir auf einem Sessel gegenüber sitzt, ich ihr die Stiefel ausziehe und sie mich dann in ihren Nylon bestrumpften Füßen befriedigt. Leider blieb das nur Fantasie.

Zumindest konnte ich eine der drei Schwestern vögeln und ich hatte von jeder etwas geiles, woran ich in einsamen Nächten riechen konnte.

Die Lesbe und ihre Schwestern
Erfahrungen mit Lesben

Nachdem ich nach fast eineinhalb Jahren den Schlussstrich unter die letzte Beziehung gezogen hatte, schien sich für mich nichts Neues zu ergeben. Ich saß eines Samstags Abends mit einem Kumpel bei mir Zuhause beim Bierchen, als plötzlich das Telefon klingelte. Es war die Schwägerin meiner Exfreundin, die mich fragte, ob ich nicht in eine Kneipe kommen wolle, da wäre eine junge Frau, die mich unbedingt näher kennenlernen möchte. Ich fragte meinen Kumpel, ob er mitkommen wolle. Er verneinte es und ich machte mich auf den Weg in eine Kaschemme. Es war schon nach dreiundzwanzig Uhr und mein Kumpel war eh im Begriff zu gehen.

Dort angekommen sah ich, dass es sich um eine Lesbe handelte. Ich hatte zuerst gedacht, dass sie mich verarschen wollen, weil ich diese junge Frau kannte. Sie war nicht unbedingt mein Typ, aber irgendwie machte mich das Ganze neugierig. Wir tranken den Abend ein paar Bier zusammen und verstanden uns prächtig. Am nächsten Vormittag war ich mit meinem Kumpel zu einem Autorennen verabredet und ich brachte die junge Frau mit zu unserem Treffen. Mein Kumpel war davon nicht gerade begeistert. Aber ich hatte mich auf die junge Frau eingeschossen, alleine schon, weil ich wusste, dass sie Strumpfhosen trug. Die junge Frau war zuletzt mit der Schwester meiner Exfreundin zusammen gewesen. Ich dachte eigentlich, dass sie lesbisch sei, aber nun wollte sie mich davon überzeugen, dass sie auch was mit Männern haben kann. So trafen wir uns meistens bei ihrer Schwester, weil ihre eigene Wohnung noch nicht ganz fertig gewesen war. Ich half ihr dabei, in Flur und Wohnzimmer die Lampen anzuschließen. Durch Zufall kam ihre kleine Schwester vorbei, um zu sehen, wie weit sie in der Wohnung war. Sie sah mich an, wie ich auf der Leiter stand und unter der Decke herumschraubte. Sie fing gleich an mit mir zu flirten und ich genoss es, angebaggert zu werden. Ich war ganz entzückt, weil die Kleine, sie war achtzehn, weiße Söckchen in ihren Pumps trug. Wo war ich denn da hingeraten? Die jüngste in ihren Pumps mit Söckchen, die mittlere war lesbisch und trug Strumpfhosen und die älteste der drei war auch lesbisch. Was die große Schwester für Vorlieben hatte, wollte ich natürlich auch herausfinden. Sie hatte eine Freundin, die ich auch schon von der Schwester meiner Exfreundin kannte. Irgendwie haben die Lesben immer untereinander getauscht und hin und wieder haben die sich auch mal geprügelt.

Wir hatten eines Abends ein wenig bei der großen Schwester getrunken, sodass man mir anbot, dort zu schlafen. Klar hatte ich nichts dagegen, so konnte ich wenigstens der mittleren der Schwestern etwas näher kommen. Geküsst hatten wir bereits ausgiebig und ich hatte unheimliche Lust sie zu vögeln. Ich begann sie über ihren Po zu streicheln, denn sie hatte komischerweise über Nacht ihre Strumpfhose angelassen. Entweder ging ihr das zu schnell oder sie wollte mich verarschen. Sie gab mir zwar zu verstehen, dass sie gerne mit mir schlafen würde, möchte aber vorher zum Frauenarzt gehen, um sich die Pille verschreiben lassen. Ich akzeptierte das, gab ihr einen Kuss und ließ sie schlafen. Am nächsten Morgen frühstückten wir gemütlich und ich besorgte ihr anschließend mit einem Anhänger ein Bett. Klar, da war ich wieder gut genug zu. Auch am kommenden Abend schliefen wir bei ihrer Schwester, da das Bett war wir besorgt hatten, nur ein Einzelbett war und sie weder Bettzeug noch eigentlich sonst irgendetwas hatte. Da ich sie natürlich auch in dieser Nacht nicht vögeln konnte, versuchte ich in der Nacht mit meinem Fuß ihren zu berühren. Ihre Nägel waren rot lackiert und ihre Füße hatten eine schöne Form. Das ließ mein Fetisch Herz höher schlagen und ich versuchte immer wieder, irgendwie ihre Füße zu berühren.

Am nächsten Tag sind wir mal kurz zu Bekannten in einen Garten gefahren. Meine angehende neue Freundin hatte sich wieder eine Strumpfhose angezogen und dazu High Heels getragen. Mann wie mich das geil machte. Ich konnte es kaum erwarten endlich wieder mit ihr nachhause zu fahren. Dort wollte ich sie einfach überrumpeln und endlich an mein Ziel kommen. Doch unser Weg führte direkt zu ihrer Schwester, wo ihre Exfreundin, die Schwester meiner Exfreundin saß und auf uns wartete. Sie wollte sich mit ihrer Ex unterhalten, unter vier Augen versteht sich. Nun saß ich in der Küche, während sich die beiden im Wohnzimmer unterhielten. Das kam mir von Anfang an etwas komisch vor. Über die große Schwester bekam ich heraus, dass die Exfreundin meiner Zukünftigen mitbekommen hatte, dass ich etwas mit ihr anfangen wollte. Sie war so eifersüchtig, dass sie es nicht zulassen konnte und dazwischen funken musste. Es vergingen fast zwei Stunden, wo sich die beiden Frauen unterhielten und ich konnte so nach und nach einiges mitbekommen. Irgendwann war es mir dann zu bunt geworden und ich bin gefahren. Das musste ich mir nicht antun, auch wenn ich das Spielfeld einer anderen überlassen hatte. Es tat mir ungemein weh, weil ich die junge Frau bereits in mein Herz geschlossen hatte. Ein paar Tage später bekam ich mit, dass die beiden Frauen wieder zusammen waren und das sie ihre Wohnung wieder gekündigt hatte.

Ungefähr drei Wochen später bekam ich einen Anruf von der jüngsten Schwester. Sie fragte mich, ob wir uns nicht einmal treffen wollen. Klar sagte ich und wir trafen uns kurz danach. Wieder hatte die kleine ihre Pumps an, allerdings keine Söckchen. Egal dachte ich mir, mal sehen was sich da so ergibt. Wir sind ein bisschen herumgefahren und haben uns nett unterhalten. Als ich sie nachhause brachte, fragte sie, ob wir morgen mit ihrer ältesten Schwester an einen See fahren wollen. Klar hatte ich Lust dazu, da konnte ich die Lesben und die Kleine im Bikini sehen und natürlich auch ihre nackten Füße. Also sind wir am nächsten Morgen mit zwei PKWs zum See gefahren und haben es uns gemütlich gemacht. Zunächst einmal hatten alle drei Frauen, extrem geile Füße, sodass ich es kaum erwarten konnte, die Kleine flachzulegen. Vielleicht gelang mir das ja, wenn es schon mit der mittleren Schwester nicht geklappt hatte. Ich hatte die Kleine später im Wasser auf meinem Schoß sitzen und wir alberten herum. Sie sagte auf einmal, dass sie mich gerne vernaschen würde. Ich fragte, „hier"? „Nein", sagte sie, „lass uns nachhause fahren, meine Schwester bleibt bestimmt noch hier". Mit nachhause meinte sie die Wohnung ihrer großen Schwester. Wir verabschiedeten uns kurz und machten uns auf den Weg. Schon im Auto fummelte sie als an meiner Hose herum. Sie muss unheimlich geil gewesen sein und brauchte jetzt sicherlich einen guten Fick. Ich war auch unheimlich geil auf sie, weil ich noch den Anblick ihrer bestrumpften Füße in Pumps vor mir hatte.

Als wir bei der großen Schwester angekommen waren, zog es uns gleich in das Bett, wo ich schon mit ihrer anderen Schwester genächtigt hatte. Ruck Zuck hatten wir unsere Klamotten ausgezogen. Ich hatte ihre Muschi schön nass gerieben, während sie gleichzeitig meinen Schwanz bearbeitete. Ich hatte eine riesige Latte und war gerade dabei, ihr sie hineinzustecken als die Zimmertür aufging und jemand schrie: „Das habe ich mir gedacht"!
Es war ihre große Schwester, die kurz nach uns vom See aufgebrochen war, um das zu verhindern, was gerade geschehen sollte. Jetzt hatte ich endlich eine ins Bett bekommen und da funkte auch noch jemand dazwischen. Konnte die denn nicht zehn Minuten später

kommen, da hätte ich die Kleine längst durchgevögelt gehabt und alles wäre gut gewesen. Die große Schwester gab uns zu verstehen, dass sie nichts dagegen hat, aber vielleicht sollte sich die Kleine erst einmal die Pille besorgen, damit nichts Schlimmeres passiert.

Nun Lag ich da mit meiner Latte vor der großen Schwester und wusste überhaupt nicht, wie ich mit der Situation umgehen sollte. Sie hat uns danach alleine gelassen und mir war alles vergangen. Ich zog mich danach auch an und suchte das Weite. Die Kleine hat danach öfters versucht bei mir anzurufen, habe mich aber von meinen Eltern verleugnen lassen. Da ich das aber dann doch zu krass fand, die Kleine so abzuservieren, nahm ich mir ein Herz und rief sie an. Ich gab ihr zu verstehen, dass ich nicht mehr kommen werde. Die Kleine weinte am Telefon und sie tat mir auch unendlich leid, da sie sich offensichtlich in mich verknallt hatte. Aber für mich änderte das nichts an meiner Entscheidung.

Fazit:

Wie gerne hätte ich alle drei Schwestern gevögelt, zusammen oder auch nacheinander. Die Kleine machte mich mit ihren Söckchen in den Pumps verrückt, die mittlere mit dem Tragen der Strumpfhose und ihren High Heels. Die älteste hatte die geilsten Füße der drei Schwestern und bestach durch ihre Vernunft. Im Nachhinein bin ich zu dem Entschluss gekommen, dass die älteste Schwester die einzige war, die von den dreien im Leben Durchblick hatte. Auch wenn sie Lesbisch war und von mir nichts wollte, sie war einfach super, auch wenn sie mir die Tour vermasselt hatte.

Thea
Die mit den göttlichen Schweißfüßen

Ich lernte Thea mit ungefähr 17 Jahren kennen. Sie hatte immer einen bösen Blick, sodass ich zuerst nicht so recht mit ihr in Kontakt kam. Schon in dieser Zeit habe ich immer versucht, einen Blick auf ihre Füße zu erhaschen. Leider behielt sie immer ihre Schuhe an und ich musste mich ein wenig gedulden.

Als ich ihre Schwester kennenlernte und mit ihr anbandelte, kam ich eines Tages auch in ihre Wohnung. Wie immer musste ich zur Toilette, die sich im Bad befand. Ohne dass ich das vorgehabt hätte, sah ich hinter einem Vorhang die schmutzige Wäsche der Mädels und auch der Mutter. Es war klar, dass ich da nicht widerstehen konnte. Also wühlte ich in dem Wäscheberg nach getragenen Strümpfen der drei Damen. Ich wurde auch recht schnell fündig und hielt mir den ersten Strumpf unter die Nase. Doch war ich ein wenig enttäuscht, weil der Strumpf kaum roch. Nun wühlte ich weiter nach etwas besser riechenden, bevor ich mein Geschäft erledigte. Ich fand einen weisen Strumpf, der es in sich hatte. Man war das ein Geruch, genau das, was mich antörnte. Nur wusste ich nicht, wem sie gehörten.

Da ich nun   später mit Thea´s Schwester

zusammen kam, konnte ich nun meine Freundin ausgrenzen, denn sie hatte kaum Fußgeruch. Also mussten die stinkenden Socken von Thea oder ihrer Mutter gewesen sein.

Da ich nun öfters mit der Familie zusammen war, konnte ich mir nun auch den ein oder anderen Blick ihrer Füße erhaschen. Thea hatte schlanke Füße mit einem hohen Spann in Größe 39. Ihre Mutter hatte ebenfalls Größe 39, wie ich aus einem Gespräch heraus hörte und trug überwiegend Strumpfhosen. Da kann man sich ja denken, dass ich mich dort wie im Paradies fühlte.

Die drei waren dann umgezogen und bei einem Besuch sah ich durch die offene Badezimmertür, dass dort eine Strumpfhose über den Badewannenrand hing. Logisch, dass ich zur Toilette musste! Ich bekam nun endlich Aufschluss darüber, dass Thea diese ungemeinen Schweißfüße haben musste, denn die Strumpfhose roch an den Fußteilen so gut wie nicht.

Mittlerweile war ich mit Thea´s Schwester verheiratet und sie ebenfalls. Da wir nun auch noch nebeneinander wohnten, war der Sommer für mich kaum auszuhalten. Thea sowie ihre Mutter trugen im Sommer nur Flip-Flops, sodass ich uneingeschränkt auf ihre Füße blicken konnte. Das machte mich unheimlich geil, worüber sich meine Frau freute, ohne das sie wusste, weshalb ich so geil war. Meine Frau wusste, dass ich auf Füße abfahre. Sie hat auch mal in bei einer gemütlichen Kaffeerunde erwähnt, dass ich ihre Füße liebe. Aber musste sie das so offen sagen? Mir war es sehr peinlich, sodass ich sie, als wir wieder alleine waren, etwas zurechtwies. Nein nicht körperlich, mit Worten!

Wir saßen eines Tages in unserem neu gestalteten Garten, als Thea auch wieder vorbeischaute. Ich hatte durch Zufall meine erste Digitalkamera dabei, weil ich Fotos vom Garten machen wollte. Thea stand etwa 3 Meter von mir und schlüpfte laufend aus ihrem geschlossenen Gartenschuh. Da war ja wohl klar, dass ich da drauf halten musste und ich habe es geschafft, zwei Fotos zu machen, worauf ihre Füße sehr gut zu sehen waren. Endlich hatte ich eine Vorlage von ihren Füßen und musste nicht laufend meine Fantasien spielen lassen, wenn ich mich befriedigte. Die Fotos waren qualitativ recht schlecht aufgrund niedriger Pixelanzahl. Aber immerhin etwas!

Es kam die Herbstzeit und somit auch Weihnachten, was wir bei Thea und ihrem Mann feierten. Abends saß Thea auf dem Sofa und hatte nur ein paar Hausschlappen an. Sie wippte laufend mit ihrem Fuß und ich wartete auf den Moment, dass sie ihren Schuh verliert und ich auf ihren bestrumpften Fuß blicken kann. Aber das hat sich nicht ergeben und so musste ich mich mit dem vergnügen, was ich hatte, ihre Fußfotos. Ich hatte zwar an diesem Abend ein Foto von Thea und ihrem Mann gemacht, allerdings sah man nur ein wenig ihre Strumpfhose.

Im Herbst hatte ich bereits mitbekommen, das Thea bei der Gartenarbeit Sportschuhe getragen hatte und diese dann ausgezogen hat. Ihrem Mann war eine mächtige Wolke ihrer Füße entgegengekommen und beklagte sich. Wie gerne wäre ich in diesem Moment dort gewesen!

Aber ich wusste, dass meine Chance irgendwann kommen wird. Ein paar Jahre später saß ich vormittags mit Thea auf ihrer Terrasse zum Kaffee trinken. Sie war gerade vom Einkaufen nachhause gekommen und lud mich dazu ein. Ich hatte sofort bemerkt, dass sie ihre Sneakers und weißen Sneaker Socken ausgezogen hatte und nur noch Flip-Flops trug. Ich hatte mir nichts weiter dabei gedacht, als sie sich so hinsetzte, dass ich freien Blick auf ihre Füße hatte. Das ich da nicht widerstehen konnte war doch klar und ich riskierte laufend den Blick zu ihren Füßen. Wir unterhielten uns über die Baustelle auf dem Nebengrundstück. Dort wurde das Dach neu gedeckt und Thea sagte zu mir, ich könne ruhig mal nach oben in ihr Büro gehen, da würde man besser sehen. Also ging ich nichtsahnend die Treppe hinauf. Im oberen Flur lagen ihre weißen Söckchen vor der Badezimmertür. Warum hat sie die Söckchen nicht ins Bad gelegt?

Ich bin mir sicher, dass sie die Söckchen extra dort hingelegt hat. Natürlich hielt ich mir die noch recht feuchten und warmen Söckchen unter die Nase, was mir bestätigte, dass Thea ihr Geruch genau das war, was ich immer suchte, richtig schöne Schweißfüße! Auch wenn ich die Gelegenheit gehabt hätte, ich habe mich nicht befriedigt, weil es mir zu heiß war, von ihr erwischt zu werden. Also legte ich die Söckchen brav wieder hin und sah mir die Baustelle an, auch wenn mich das gar nicht mehr interessierte.

Als ich wieder nach unten kam, grinste mich Thea an und fragte, ob alles OK sei. Klar, nun musste ich meinen Kaffee schnell austrinken, um nachhause zu kommen. Ich musste unbedingt meinen Schwanz wichsen, weil es mich dermaßen geil gemacht hatte.

Ich bin mir hundertprozentig sicher, das Thea absichtlich ihre Strümpfe dort hingelegt hatte. Ihr ist sicherlich das Starren auf ihre Füße aufgefallen oder meine Frau hat mal etwas erwähnt, dass ich darauf stehe.

Ein paar Wochen später gab Thea ihrer Schwester ein Paar Strümpfe mit dem Vorwand, dass sie sie nicht mehr tragen würde. Logisch, dass ich meine Frau darum gebeten hatte, mir einen dieser Strümpfe über meinen Schwanz zu stülpen und mir darin einen zu wichsen. Was für ein Hochgenuss!

Fazit:

Thea hat immer, wenn wir sie auch Spaß geärgert haben, gesagt: „Du kannst mir mal an den Füßen riechen". Ich habe mal aus Spaß geantwortet „Gerne". Vielleicht hat sie es ja ernst genommen.

Zu gern hätte ich ihre Füße berührt und auch sonst was damit angestellt. Leider blieb es mir verwehrt, obwohl ich glaube, dass es ihr gefallen hätte, wenn ich mich intensiv um ihre Füße gekümmert hätte. Ich hatte auch vor vielen vielen Jahren die Gelegenheit gehabt, sie zu vögeln. Zumindest denke ich das!

Ich hatte sie Abends mal, als ich von meiner Freundin kam, nachhause gefahren. Sie hatte mich eingeladen, doch nochmal mit hoch in ihre Wohnung zu kommen, um noch etwas mit ihr zu trinken. Es konnte natürlich eine Falle sein, weil ich zu diesem Zeitpunkt eine Freundin hatte. Also bin ich nicht mit nach oben gegangen und habe mich von ihr verabschiedet. Ich wollte meine Freundin nicht betrügen und außerdem war ich recht schüchtern. Ich hätte nie den Mut gehabt ihr dort an die Füße zu gehen, obwohl ich es gerne getan hätte.

Während ich getrennt lebte, habe ich des Öfteren darüber nachgedacht, ob ich sie nicht einfach fragen sollte, ob ich ein Paar Strümpfe von ihr bekomme. Weil ich das nicht persönlich machen wollte, spielte ich mit dem Gedanken, sie einfach per WhatsApp anzuschreiben und danach zu fragen. Aber mir fehlte mal wieder der Mut. Was hätte mir denn passieren sollen? Außer einem Nein wahrscheinlich nichts!

Meine Ehefrau
Die etwas prüde

Ich lernte damals meine Frau kennen und ich hielt mich mit meinem Fetisch zurück. Klar das ich anfangs bei der Alberei im Bett versuchte, ihre Füße an meinen Schwanz zu führen. Das gelang mir auch ein paar mal, sodass sie mich mit ihren Bestrumpften Füßen einige male, streichelte. Natürlich nicht bis zum Höhepunkt, nur so als Vorspiel. Ich habe die Frau über alles geliebt und so habe ich die ganzen Jahre über meinen Fetisch verschwiegen. Sie wusste zwar, dass ich ihre Füße liebe, aber über viele Jahre hatte ich nicht den Mut, offen mit ihr darüber zu reden. Gerne hätte ich mal zwischen ihren Füßen abgespritzt, nur durfte ich das nie erleben.

Wir führten ein nicht sonderlich ausgeprägtes Liebesleben, sondern unser Sex war eigentlich nur am Wochenende oder auch später gar nur im Urlaub. Trotzdem führten wir eine sehr gute Ehe über viele Jahre hinweg. Natürlich musste ich es mir zwischendurch auch öfters mal selbst machen, aber dagegen war ja nichts einzuwenden. Fantasien hatte ich ja genug, auch wenn ich dabei öfters an die Füße anderer Frauen gedacht habe. Aber zum Sex gehört ja nun auch mal Fantasie und ich konnte meinen

Höhepunkt während des Verkehrs so steuern, dass wir beide zusammen kamen. Ich habe meiner Frau nie erzählt, was ich für Fantasien dabei hatte. Aber anders herum hat sie mir auch nicht erzählt, an was sie beim Sex mit mir gedacht hat.

Leider war sie etwas verschlossen, was den Sex anbetraf. Wahrscheinlich erklärt das auch meine Zurückhaltung mit dem Fetisch. Ich glaube, nach fast zwanzig Jahren Ehe, habe ich das erste Mal im besoffenen Kopf mit ihr darüber geredet. Über das, was in meiner Kindheit so alles passiert war. Sie war verständnisvoll, aber an unserem Sexleben änderte sich vorerst nichts.

Ein gewisse Zeit später äußerte ich mal den Wunsch, ihre Füße fotografieren zu können. Dann brauchte ich nicht zu den Bildern anderer Frauen zu wichsen, sondern ich machte es mir zu ihren Füßen. Sie willigte auch ein und so zog sie verschieden Strümpfe und Strumpfhosen an oder präsentierte mir ihre Füße nackt. Hatte ich ein Glück, vielleicht hätte ich auch viele Jahre früher mit ihr reden sollen. Aber ich liebte meine Frau über alles und wollte sie nicht verschrecken.

Da ich nun mit den Bildern viel Spaß hatte, wollte ich mehr und ich hatte das unheimliche Verlangen, ihr auf die Füße zu spritzen. Auch hier äußerte ich meinen Wunsch und durfte später meinen Penis an ihren Füßen reiben, bis ich kam und ich ihr die Ladung auf die Füße schoss. Sie hatte gesagt, dass mir dabei vor Geilheit fast die Augen aus dem Kopf gefallen sind. Trotz das ich jetzt hin und wieder mal so etwas bekam, schaute ich nach wie vor auf die Füße anderer Frauen, um eventuell einen Blick zu erhaschen. Mich machte das unheimlich geil, denn Füße haben unterschiedliche Größen und Formen. Vor allem riechen sie unterschiedlich! Meine Frau konnte damit nicht dienen, ihre Füße rochen einfach nicht. Wenn sich also die Gelegenheit ergab, bediente ich mich weiter an den Strümpfen anderer Frauen.

Fazit:

Wir waren über zwanzig Jahre verheiratet und nach unserer Trennung sagte sie mir, dass es sie angeekelt hat, wenn ich ihr an die Füße ging. Warum konnten wir auf einmal so offen reden? Warum haben wir das nicht früher gemacht?

Ich habe immer versucht ein normales Sexleben mit ihr zu haben, aber meinen

Fetisch konnte ich nicht einfach mal so ausschalten. Wahrscheinlich war das auch der Auslöser für unsere Trennung nach so vielen Jahren.

Rieke, meine Schwiegermutter
Wäre eine Sünde wert gewesen

Ich kannte meine Schwiegermutter Rieke schon viele Jahre, bevor ich überhaupt mit meiner Frau zusammen kam. Sie war eine sehr attraktive Frau, die sehr oft Strumpfhosen trug. Mir gefiel sie und auch hier verspürte ich den enormen Drang, an ihren Strümpfen oder an den Fußteilen ihrer Strumpfhosen zu riechen.

Wie ich das bereits erwähnt hatte, bekam ich die Gelegenheit sehr früh und ich bekam Aufschluss darüber, dass ihre Füße kaum rochen. Aber irgendwie machten mich ihre Füße extrem an. Sie lief auch öfters in ihrer Wohnung ohne Schuhe herum, sodass ich sehr oft einen Blick auf ihre Nylon Bestrumpften Füße werfen konnte. Mich hat es fast wahnsinnig gemacht, wenn sie so herumlief. Wie gerne hätte ich ihr die Füße massiert, gerade wenn sie von der Arbeit kam und sie sich darüber beklagte, dass ihr die Füße weh tun. Aber sie war meine Schwiegermutter und ich musste mich damit abfinden. Da sie in späteren Jahren fast täglich bei uns war, war ich Tag für Tag mit der Situation konfrontiert, ihre Füße zu beschauen. Sie waren immer gepflegt und sehr anschaulich.

Irgendwann saß sie und meine Frau draußen, sodass ich mich von der anderen Seite des Hauses anschlich, um heimlich Fotos von den Füßen meiner Schwiegermutter zu machen. Sie trug offenes Schuhwerk, sodass ich ihre Zehen gut zu sehen bekam. Da hatte ich mal wieder was, wozu ich wichsen konnte. Ich hatte zwar eine gute Fantasie, doch mit einer Bildvorlage klappte das viel besser.

Da sie ja nun mittlerweile ganz bei uns in der Nähe wohnte, waren wir auch öfters dort. Nun ergab es sich ein zweites Mal, dass ich an den Fußteilen ihrer Strumpfhose riechen konnte. Sie lag wieder im Bad und ich hatte uneingeschränkten Zugang zu ihrem Duft. Leider bin ich, wieder enttäuscht worden, denn wieder roch ich so gut wie nichts. Egal dachte ich mir und vergnügte mich öfters mit den Bildern ihrer Füße, die ich heute immer noch habe.

Nachdem sich meine Frau von mir getrennt hatte, war meine Schwiegermutter noch öfters bei mir, um mich zu trösten. Genau wie an meinem ersten Silvestertag, nach der Trennung. Wir saßen abends bei mir im Wohnzimmer und mir schlug mein Herz mal wieder bis zum Hals. Ich hatte mein Handy startklar gemacht und hatte die Kamera genau auf die Füße meiner Schwiegermutter gehalten. Endlich bekam ich bewegte Bilder von ihren Füßen, auch wenn die in dicke Socken gepackt waren. Als sie wieder weg war, überspielte ich das Video auf meinen PC und wichste zu dem Anblick ihrer Füße.

Ich weiß natürlich, dass es nicht richtig war, einfach ungefragt Filmaufnahmen oder Bilder von jemanden zu machen. Aber hier ging mal wieder meine Geilheit mit mir durch.

Fazit:

Wie gerne hätte ich Rieke die Füße massiert, gerade in jungen Jahren. Es ging nicht darum, mit ihr zu schlafen, dass wollte ich nicht, sondern mir hatten es ihre bestrumpften Füße angetan, die ich immer wieder zu Gesicht bekam. Aber auch, nachdem meine Frau weg war, hatte ich nicht den Mut, ihr das zu sagen. Vielleicht hätte es ihr ja gefallen, wenn ich ihren Füßen etwas Gutes getan hätte. Aber das werde ich wohl nie herausbekommen.

Wenn wir zusammen mal etwas getrunken hatten, redete sie manchmal recht offen. Sie erzählte mir, dass sie im Urlaub jeden Nachmittag nach dem Mittagsschläfchen von ihrem Freund extrem geil gefickt wurde und dass sie das nun ein wenig vermissen würde. Warum erzählte sie mir das?

Jahre nach meiner Scheidung hatte ich Rieke mal im Sommer besucht. Wir saßen im Wintergarten und Rieke schlüpfte laufend aus ihren Schuhen. Ihre Fußnägel waren rot lackiert und ich konnte es nicht lassen, mein Handy in die Hand zu nehmen, um das Spektakel zu filmen. Dabei kamen super Aufnahmen zustande, wo ich heute noch zu wichse. Auch wenn es wieder falsch war zu filmen, es war meine uneingeschränkte Geilheit die mich veranlasste, dieses zu tun!

Monique
Die Nutte aus dem Hochhaus

Ich lernte Monique damals durch meinen Schwager kennen. Sie wohnte bei uns im Haus und wir freundeten uns ebenfalls mit ihr und ihrem Mann an, so wie das mein Schwager zuvor getan hatte. Monique war eine attraktive Frau mit dunklen Haaren und einer tollen Figur. Ich habe sie nie ohne ihre High Heels gesehen, noch nicht einmal, wenn sie nur kurz die eine Treppe zu uns nach unten gekommen war. Im Sommer trug sie die Heels barfuß, im Herbst, Winter und Frühjahr mit Strumpfhose oder Halterlosen Strümpfen. Mich machte das unheimlich an, weil ich genau auf das was sie trug, abfuhr.

Des Öfteren haben wir abends mit meinem Schwager und den beiden neuen Freunden zusammen gesessen und etwas getrunken. Nun wurden die Gespräche auch etwas lockerer und so erfuhren meine Frau und ich, dass Monique früher mal als Edelnutte in vielen Großstädten gearbeitet hatte. Zuerst hatte es uns ein wenig abgeschreckt, aber die Frau war einfach klasse, sodass wir mit dem leben konnten, was sie früher einmal gemacht hatte. Nun war sie seit Jahren aus dem Milieu heraus und hatte bereits zwei kleine Kinder.

Umso besser wir uns kennenlernten, um so mehr plauderte Monique aus ihren alten Zeiten. Sie hatte in den Jahren viele prominente Gäste befriedigt, sodass ich mich schon wundern musste, was für Menschen denn zu Nutten gehen. Wir glaubten ihr das auch, weil wir von zwei anderen Seiten die Bestätigung für ihr erzähltes bekamen.

Es war natürlich klar, dass meine Blicke immer auf ihre Füße gerichtet waren, nur um einen Blick zu erhaschen, womit ich später meine Fantasien ausleben konnte. Ich musste sehr lange auf den Moment warten, doch irgendwann zog sie auch mal ihre Heels aus und ich konnte ihre etwas breiten, nackten und sehr gepflegten Füße sehen. Dass sie breite Füße haben musste hatte ich mir fast gedacht, weil ihre Zehen immer in den Heels zu sehen waren und nicht richtig im Schuh steckten. Was für ein Genuss!

Am liebsten hätte ich sie angesprungen und ihr meinen Schwanz zwischen ihre Füße gesteckt. Ich könnte mir denken, dass es nicht das erste Mal gewesen wäre, dass jemand so etwas bei ihr tat. Es war einfach eine geile Vorstellung, die ich da hatte.

Da kann man sich doch vorstellen, dass ich darauf erpicht war, unbedingt an ihre Strümpfe zu kommen. Natürlich war das nicht so einfach wie bei vielen anderen, weil wir meistens bei uns oder bei meinem Schwager waren und eigentlich nie bei ihnen.

Eines Nachmittags hatte uns Monique allein besucht und wollte nur mal einen Kaffee mit uns trinken. Wir saßen gemütlich auf unserem Sofa, als mal wieder das Thema Nummer eins begann. Monique erzählte uns, dass sie Brustimplantate trägt. Sie sprach ganz offen darüber und meine Frau durfte ihre Brust sogar anfassen. Da ich wohl so dämlich aus der Wäsche geguckt haben muss, bot sie mir ebenfalls an, mal fühlen zu dürfen, wenn ich das wollte. Natürlich wollte ich und sah dabei zuerst meine Frau an, die kurz nickte. Also fühlte ich ebenfalls ausgiebig Moniques Brust ab, die sich toll anfühlte und so herrlich stand. Ich glaube, wenn sie das mit ihren Füßen gemacht hätte, wäre ich vor lauter Geilheit in Ohnmacht gefallen, denn die steckten dem Tag in weißen Strümpfen und hohen Sportschuhen einer bekannten Marke.

Nun kam auch mal die Winterzeit, sodass Monique meisten Stiefel trug, wenn ich sie sah. Egal beim wem wir waren, sie behielt den ganzen Abend ihre Stiefel an. Warum wohl?

Irgendwann fragten uns Monique und ihr Mann, ob wir, wenn sie im Urlaub sind, bei ihnen mal die Blumen gießen könnten. Klar konnten wir das, denn nun kam ich vielleicht meinem Ziel etwas näher. Das erste Mal bin ich zusammen mit meiner Frau zu ihnen in die Wohnung gegangen, um mich ein wenig umzusehen. Im Flur in einem Regal lagen ein paar Halterlose Strümpfe, die noch original verpackt waren. Anscheinend hatte sie enormen Bedarf daran. Ansonsten standen noch ein Paar Schuhe von ihr im Flur, sodass ich mir vornahm, das nächste Mal allein zum Blumengießen zu gehen, wenn meine Frau zur Arbeit war. Das tat ich dann auch ein paar Tage später und ich konnte mich frei in ihrer Wohnung bewegen. Zuerst hatte ich mich auf die Suche nach etwas getragenen von ihr gemacht, wurde aber nicht fündig. Anscheinend hatte sie vorher noch gewaschen. Aber ein Paar Schuhe, die ich sie schon tragen sah, standen mir zur Verfügung. Ich roch an ihren Heels, die leicht verschwitzt und etwas nach Leder rochen. Mein Gott, was für ein Aroma!

In einem Schrank fand ich noch die Stiefel, die sie im Winter immer getragen hatte. Das waren die Stiefel, wo ich mich immer gefragt hatte, warum sie sie nie auszog. Ich öffnete die Reißverschluss des hohen Stiefelschaftes und steckte meine Nase hinein. Ein göttlicher Geruch der mich dazu veranlasste, mich noch im Flur im Stehen zu befriedigen. Ich habe alles in meine Unterhose gespritzt, damit ja nichts daneben ging. Ich war so angetan von ihrem Geruch, dass ich zu Hause gleich noch mal wichsen musste. Entleert schaute ich danach aus meinem Küchenfenster und sah, dass die beiden mit ihren Kindern gerade aus dem Urlaub zurückkamen. Oh Mann, da hatte ich aber Glück gehabt. Mein Herz schlug ungemein und bei ihrem Anblick überfuhr mich schon wieder die Lust zum wichsen.

Es kam auch eine Zeit, als die beiden mal recht klamm waren und irgendwie Geld hereinkommen musste. Monique hatte sich dazu entschlossen, wieder anschaffen zu gehen. Wir hatten das mitbekommen und wir wussten, dass sie an dem Abend das erste Mal losging. Ich hatte gesehen, dass sie typisch als Nutte bekleidet aus dem Haus ging und ihr Mann hatte sie auch noch dort hingefahren. Mir war es dabei etwas komisch, weil ich wusste, dass sie nun wieder Anschaffen ging. Meine Frau und ich wussten am Anfang nicht mit der Situation umzugehen.

Irgendwann bin ich durch Zufall mal dort lang gefahren, wo sie auf dem Straßenstrich stand. Sie hat mich auch erkannt und hat mich später gefragt, warum ich nicht mal angehalten hätte. Ich hatte nicht mal so einen Gedanken, aber vielleicht hätte ich etwas mit ihren Füßen anstellen dürfen, wenn ich dafür bezahlt hätte. Wer weiß?

Mittlerweile waren wir umgezogen, sodass wir die beiden nicht mehr so oft sahen. Wir waren dann mal bei uns zum Grillen verabredet und Monique hatte nur ein paar Flip-Flops an. Ich wusste jetzt schon, dass es ein toller Abend werden würde. Wir waren gerade mit dem Essen fertig, als ich mitbekam, dass Monique ihrem Mann unter dem Tisch mit ihren Füßen streichelte. Er sah sie an, sie sagte ganz leise: „Lass uns Füßeln". Oh Mann, hatte der ein Glück. Ich habe den Anblick genossen, als sie es mit ihren kleinen Füßen in Größe 38 und ihren rot lackierten Fußnägeln tat. Da war ich mir doch fast sicher, dass sie solche Spielchen zu Hause öfters gemacht haben.

Nun war Silvester und wir hatten zur Feier geladen. An dem Abend trug sie wieder ihre Heels und eine graue Strumpfhose. Wir hatten wieder alle etwas getrunken und es kamen mal wieder heiße Gespräche zustande. Unter anderem kam auch heraus, dass sie getragenen Strumpfhosen verkauft und das die Strumpfhose, die sie trug, für einen Kunden war. Ich habe gesehen, dass sie unter ihrem kurzen Rock kein Höschen trug und dass ihre Muschi nur von dem bisschen Nylon bedeckt war. Ich konnte meine Augen kaum von ihr lassen, bis sie bemerkte, dass ich laufend unter ihren Rock schielte. Sie machte ihre Beine zusammen und zog sich ihren Rock wieder etwas runter. Schade eigentlich!

Sie hatte dann auch nach kurzer Zeit aufgehört, als Nutte zu arbeiten und unsere Freundschaft wurde dadurch getrübt, dass sie sich von ihrem Mann getrennt hatte, wegen irgend so einem Kerl, der wohl Kohle hatte.

Viele Jahre danach, als auch ich wieder Single war, hatte ich sie durch Zufall in einem Geschäft getroffen, in dem sie arbeitete. Nach einer stürmischen Begrüßung unterhielten wir uns kurz und das erste was ich tat, ich sah zu ihren Füßen und wollte sehen, welches Schuhwerk sie trug. Es waren keine Heels, sondern ein paar hohe Sportschuhe. Da kamen mir doch gleich wieder heiße Gedanken bezüglich des Geruches. Ich hatte ihr erklärt, dass ich jetzt gleich um die Ecke wohne und wenn sie denn Lust hätte, könne sie mich ja mal besuchen. Sie kam natürlich nicht, aber ein Versuch war es allemal wert.

Fazit:

Monique hatte ich dann etwa ein halbes Jahr später noch einmal getroffen. Sie saß vor einem Einkaufsmarkt im Cabriolet und wartete auf ihren Chauffeur. Ich begrüßte sie ganz herzlich mit einer Umarmung, zu der sie aus dem Auto ausstieg. Sie trug einen weißen Sportschuh und hatte dazu weiße Söckchen an. Wieder brachte mir das Erinnerungen, die ich gerne in die Tat umgesetzt hätte. Sie hätte ganz bestimmt mit meinem Fetisch umgehen können, denn das war sicherlich noch das geringere Übel, gegenüber dem, was sie als Edelnutte erleben musste.

Die Damen der Bank
Zwei Frauen, die mich fast um den Verstand brachten

Schon im zarten Alter von zweiundzwanzig Jahren fiel mir eine junge Frau in unserer Bankfiliale auf, die meistens eine schwarze Strumpfhose und dazu einen Shorts trug. Sie war blond und sehr gut gebaut, trug meisten eine Art Slipper mit Absatz an den Füßen. Ein interessantes Outfit in den achtzigern.

Natürlich hatte ich bei solchen Frauen keine Chance und außerdem war ich verheiratet. Meine Frau sagte immer, Appetit kann ich mir holen, aber gegessen wird zu Hause. Das tat ich natürlich auch, gerade weil mir ein solches Outfit besonders gut gefiel. Hier hatte ich auch schon wieder Fantasien, gerade waren es die versteckten Füße in den Schuhen. Wie würden sie wohl aussehen, welche Form haben sie und waren ihre Nägel lackiert? Diese und viele andere Fragen stellte ich mir, jedes Mal als ich die Bankfiliale betrat und ich diese Frau nur irgendwo in der Filiale gesehen hatte.

Irgendwann hatte ich dann die Filiale gewechselt, einfach nur aus Bequemlichkeit, weil diese näher an meinem Zuhause war. Dort liefen zwar auch ein paar Frauen herum, aber die interessierten mich nicht.

Da ich immer mal auf verschiedenen Filialen mein Geld und die Auszüge holte, fiel mir eine andere blonde Frau auf, die zu dieser Zeit an der Kasse arbeitete und das Geld herausgab. Ich hörte das klacken ihre Absätze durch die Panzerglasscheiben, was mich dazu trieb, mich unheimlich langzumachen, wenn sie in dem Kassenraum hin und her ging, um eventuell etwas von ihren Füßen zu sehen. Sie hatte Peeptoes an und ich konnte ihren großen Zeh sehen, wo der Zehennagel rot lackiert war. Was für ein Bild von einer Frau und ich konnte mir denken, dass der Rest ihrer Füße sicherlich genau so umwerfend war, wie die ganze Frau. Jedenfalls bin ich von da an nur noch in diese Filiale gegangen.

Doch irgendwann hatte ich sie für einige Zeit dort nicht mehr gesehen und ich habe mir gedacht, es mal auf der anderen Filiale zu versuchen. Das Personal wurde schließlich laufend hin und her geschoben. Da war der blonde Engel wieder und stolzierte fröhlich an mir vorbei in ihren Kassenraum. Sie trug wieder ihre Peeptoes und hatte sogar eine Strumpfhose oder gar Halterlose Strümpfe an. Wieder beugte ich mich weit über den Rand am Kassenraum um eventuell mehr von ihren Füßen sehen zu können. Aber es blieb mir verwehrt.

Ich hielt also laufend Ausschau, wenn ich die Bankfiliale betrat. Natürlich gab es auch mal Tage, an denen sie nicht da war. Aber ich wusste genau, dass auch hier meine Chance kommen würde und ich ihre Füße sehen werde. So nach und nach modernisierte man die einzelnen Filialen und man baute die Kassenräume ab. Von nun an gab es Automaten, die sehr gut platziert waren. So konnte ich vom Kontoauszugsdrucker genau unter die Schreibtische der Damen gucken, ebenso unter eine Art Stehtische, wo sie ihre Kundschaft bedienten, wenn sie am PC waren.

Ich kam eines Tages in die Filiale und ging zuerst an den Auszugsdrucker. Der blonde Engel saß am Schreibtisch und war mit ihrem Fuß aus ihrem Pumps geschlüpft. Was für ein Augenschmaus, denn ihre Füße waren ganz dünn bestrumpft. Sie bewegte ihre Zehen und schlüpfte wieder in ihren Schuh. Dabei sah sie mich an und sie bemerkte, dass ich wie versteinert unter ihren Schreibtisch glotzte. Ihr schien das zu gefallen, denn sie schlüpfte wieder aus ihrem Schuh und streckte laufend ihren Fuß. Anscheinend taten ihr die Füße weh und ich wäre der erste gewesen, der ihr die Füße massiert hätte.

Einige male später bediente sie mich auch am Stehtisch und ich plauderte gerne mal ein bisschen mit ihr. Dabei sah ich, dass sie dabei auch laufend aus ihrem Schuh schlüpfte und mit ihrem Schuh spielte, während sie sich mit mir unterhielt. Ihr ist es sicherlich aufgefallen, dass ich laufend nach unten gesehen habe, denn dieses Schauspiel konnte ich mir einfach nicht entgehen lassen.

Zu Hause angekommen konnte ich es kaum erwarten, zu wichsen. Mich machten die Gedanken an diese Frau und ihre Füße unheimlich geil, sodass ich für so manche Tage und Wochen nichts anderes mehr im Kopf hatte, mich mit den Gedanken an sie und ihre Füße zu befriedigen.

Da sie auf einmal die Filialleitung übernommen hatte, machte ich einen Termin bei ihr, um etwas zu klären. Sie saß mir an einem anderen Schreibtisch gegenüber, wo wir ungestört waren. Sie musste am Drucker etwas holen, was mir doch recht lange erschien. Ich nahm mein Handy in die Hand und sah nach meinen SMS. Auf einmal hatte ich die Idee, doch mal die Kamera einzuschalten und auf Aufnahme zu drücken. Ich wurde ganz nervös und mein Blutdruck stieg enorm an. Als sie wieder kam, zitterten meine Hände und ich hatte Schwierigkeiten, den Aufnahmeknopf zu drücken. Ich hatte nun gedacht, dass die Kamera läuft und filmte mal unter dem Tisch und mal über dem Tisch, sodass ich auch eine Aufnahme von ihrem Gesicht hatte. Sie sagte dann noch, ob ich fertig wäre, damit wir weiter machen konnten. Ich schaltete die Kamera ab und widmete mich wieder ihrem Charme. Ich habe dann alles so unterzeichnet, wie sie es von mir gefordert hatte und verschwand recht schnell, um zu sehen, wie die Aufnahmen geworden waren. Im Auto kam dann die große Enttäuschung, denn ich hatte die Kamera nur für einen kurzen Moment angeschaltet und es gab nichts zu sehen. Aber alleine der Gedanke an die Frau brachte mich wieder dazu mich zu befriedigen, obwohl ich mich ohne Ende geärgert hatte. Aber ich dachte mir, dass meine Chance noch kommen wird.

Wenig später hatte ich wieder einen Termin, ohne das ich mit irgendwelchen Absichten dort hingegangen war. Da ich etwas zu früh war, war die Filiale noch geschlossen und ich wartete im Vorraum der Bank vor der großen Schiebetür. Die Tür ging automatisch auf und das erste was ich sah, war der blonde Engel. Sie bat mich in den Besprechungsraum und fragte, ob ich einen Kaffee möchte. Gerne sagte ich und sie zog los, um mir den Kaffee zu besorgen. Nun hatte ich wieder die Chance, mein Handy zu zücken und die Aufnahme zu starten. Damit wartete ich, bis ich auf dem

Gang draußen das Klacken ihre Absätze hörte. Wieder hatte ich enormen Blutdruck und ich wusste, dass ich nicht nochmal eine solche Chance bekommen würde. Sie hatte zwar geschlossene Pumps an, aber ich versuchte sie in ein Gespräch zu verwickeln und hoffte, dass sie dabei mal aus ihrem Schuh schlüpfen würde. Die Kamera hatte ich immer auf ihre Füße gerichtet und diesmal sind tolle Bilder entstanden, auch wenn sie von schlechter Qualität waren, aber ich hatte was von ihr vor Augen, worauf ich mich befriedigen konnte.

Da ich kein Foto von ihrem Gesicht hatte, machte ich mich im Internet auf die Suche. Dort wurde ich auch nach langem Suchen fündig. Nun begann ich damit, mir Collagen zu basteln, wo ich gleichzeitig ihr Gesicht und ihre Beine mit den Schuhen sehen konnte. Es hat mich so geil gemacht, dass ich zu Beginn täglich zu ihrem Bilden gewichst hatte.

Natürlich war ich öfters in der Filiale und stand nun in der Schlange. Von hier aus konnte ich wieder beobachten, wie der blonde Engel laufend aus ihrem Schuh unter dem Stehtisch schlüpfte. Aber auch ein anderes bekanntes Gesicht sah ich an dem rechten Stehtisch stehen. Jetzt traf ich die junge Frau nach etlichen Jahren wieder, die früher meistens die schwarze Strumpfhose und die Shorts trug.

Mittlerweile war sie auf Röcke umgestiegen, da sie in den Jahren auch etwas rundlicher geworden war. Sie hatte wie immer eine Strumpfhose an und offene Riemchen Sandalen. Mich machte der Anblick ihrer dunkel lackierten Zehennägel hinter dem braunen Nylon ebenso geil wie der Anblick ihrer Kollegin. Nun sprossen in mir schon wieder Fantasien, sodass ich mir zu Hause vorstellte, wie mich die beiden im Besprechungsraum mit ihren Füßen verführen. Wie ich ihnen die Schuhe ausziehe, mich mit ihrem geilen Fußduft vollsauge. Wie die beiden auf ihren Bürostühlen vor mir sitzen und meinen Schwanz zwischen ihren bestrumpften Füßen hin und her wichsen. Mir kam es bei den Gedanken sehr schnell, denn das waren meine Fantasien und die wollte ich eigentlich erleben. Leider kam es nie dazu, auch nicht mit anderen Frauen.

Ich durchforstete das Internet nach den beiden Frauen, ohne das ich nur das geringste fand, bis auf das Foto vom blonden Engel. Aber alles andere war Fehlanzeige. Ich hatte mir erhofft, Material zu bekommen, wo man ihre Füße sehen konnte.

In den sozialen Netzwerken sieht man sehr oft die Füße der Frauen, anscheinend haben viele kein Problem damit, sie zu zeigen.

Von Zeit zu Zeit suchte ich über die Suchmaschinen im Internet über die Namen der beiden Frauen nach Fotos und wurde auf einmal fündig. Die Blonde junge Frau mit den Shorts von früher tauchte auf einmal in einem der sozialen Netzwerke auf. Wie lange hatte ich auf diesen Moment gewartet. Sie hatte eine Menge von Urlaubsbildern auf ihrer Seite, sodass ich sofort damit begann, die Fotos herunterzuladen. Ich konnte es kaum erwarten mir eine Collage zu basteln, um es mir richtig zu besorgen. So hatte ich in der Collage zuerst ein Ganzkörperfoto, daneben ihr Gesicht und darunter Bilder von ihren Füßen, wo sie mal schwarz lackierte Fußnägel und mal rote hatte. Mal nackt und mal in offenen Schuhen. Mittlerweile habe ich wohl über zehn Collagen von ihr und für mich ist es immer wieder ein Genuss, mich bei ihrem Anblick zu befriedigen.

Fazit:

Ich hätte fast alles getan, um meine Fantasien mit den beiden auszuleben. Natürlich blieb wie immer alles nur Fantasie, denn ich war verheiratet. Aber während meines Singledaseins wäre ich bei solchen Spielchen sicherlich nicht abgeneigt gewesen. Aber zur Sexualität gehört nun auch mal Fantasie, die ich, mit den beiden ohne Ende genossen habe und auch immer noch genieße. Ich weiß auch, dass es verboten ist, ungefragt Videos von jemanden zu machen, doch wahrscheinlich ist auch das verbotene, das reizvolle. Leider ist das Bild vom blonden Engel bei einem Computercrash verloren gegangen, genau wie viele andere Bilder. Doch ich sah sie nochmal in der Bank, wie sie sich nach vorne bückte, um etwas aufzuheben. Dabei sah man ihren String ganz deutlich, der aus ihrer Jeans heraus schaute. Da sie auch bestrumpft war, ging ich davon aus, dass sie entweder Kniestrümpfe, oder gar Halterlose Strümpfe trug. Dieser Anblick prägte sich auch in meinen Kopf ein.

Durch das Online Banking komme ich kaum noch in die Bankfiliale. Aber erst vor kurzem musste ich etwas klären und ich hoffte, den blonden Engel wiederzusehen. Als ich die Filiale betrat, telefonierte sie an einem der Stehtische. Zuvor hatte ich meine Handykamera auf Aufnahme gestellt, sodass ich bereits ihr Gesicht gut filmen konnte. Als sie fertig war, ging ich einfach an der Schlange vorbei und drängelte mich vor, nur um von ihr bedient zu werden. Dabei hielt ich die Kamera verdeckt von meinem Portemonnaie auf ihre Füße. Sie trug schwarze Pumps und hatte wie immer Nylon Strümpfe an. So lief die Kamera einige Minuten, ohne das sie nur einmal aus dem Schuh geschlüpft wäre. Schade eigentlich! Aber zu dem Material was ich habe, spritze ich immer noch unheimlich ab!

Martina, meine Nachbarin
Sie war mit Vorsicht zu genießen

Meine ehemalige Nachbarin Martina war eine sehr aufgeschlossene und bestimmende Person. Als ich sie kennenlernte, fielen mir schon ihre Birkenstock-Schuhe auf, die sie anfangs immer in Strümpfen trug. Es war Frühjahr und ich musste mich noch ein bisschen gedulden, bis sie endlich Strumpf frei sein würde. Ich konnte schon erkennen, dass sie eine sehr interessante Fußform hatte. Immer wieder zogen ihre Füße meine Blicke auf sich. Irgendwie schien es mir so, als wenn sie das schon bemerkt hatte und spielte laufend mit ihrem Schuh. Doch ich ließ mir nichts anmerken und unterhielt mich weiter mit unseren Gastgebern. Wir hatten ein wenig getrunken und ließen den Abend nun auch so langsam ausklingen.

Ein paar Wochen später war ich im Garten am Arbeiten, als sie rief, ob ich nicht Lust auf ein Bier hätte. Klar hatte ich Lust dazu und ging nach gegenüber. Ich setzte mich an den Küchentisch und wir zischten erst einmal ein Bier. Irgendwie kam sie während unserer Unterhaltung auf Füße zu sprechen, sodass sie mir laufend ihren Fuß hinhielt, der in einem Birkenstock-Schuh steckte. Sie hatte keine Strümpfe an und ihre Fußnägel waren rot lackiert. Ich wusste gar nicht, wie mir geschah und versuchte irgendwie aus dieser Situation zu kommen. Ihr Mann war nicht zu Hause und meine Frau auch nicht. Vielleicht hat sie mit mir etwas vorgehabt, weil sie gar nicht mehr von dem Thema abwich. Plötzlich klingelt es an der Tür und sie sagte, dass noch eine Freundin kommen wollte. Sie stellte mich dieser Jungen Frau vor, die sich neben mich setzte. Wieder konnte Martina es nicht lassen, laufend auf ihre Füße anzuspielen. Auch ihre Freundin stieg voll mit ein, sodass ich langsam das Gefühl bekam, dass das alles inszeniert war. Es hätte nur noch gefehlt, dass ihre Freundin auch noch die Schuhe auszog. Einerseits hatten mir die Gespräche ja Spaß gemacht, aber andererseits wusste ich nicht, was die beiden damit bezwecken wollten. Ich habe dann auf die Schnelle mein Bier ausgetrunken und habe im Garten meine Arbeit fortgesetzt.

Einige Tage später kam sie mit ihrer kleinen Tochter zu uns und alberte als auf dem Sofa mit ihr herum. Sie roch ihr an den Füßen und fragte mich, ob ich schon mal an Kinderfüßen gerochen hätte, die würden so toll riechen. Ich verneinte das und hatte auch gar kein Interesse daran. Von so etwas distanziere ich mich und habe damit auch nichts am Hut!

Ich weiß nicht was sie damit bezwecken

wollte, aber mir kam die Frau langsam komisch vor. Ich wusste, dass sie gerne mal was trinkt, vielleicht hatte sie auch schon etwas zu viel intus.

Der Sommer war nun da und sie lief mir immer mal wieder über den Weg. Ich genoss den Anblick ihrer schön geformten Füße mit ihren rot lackierten Fußnägeln. Unsere Nachbarn fragten uns, ob wir, wenn sie denn im Urlaub sind, täglich die Rollladen hoch und heruntermachen könnten. Klar konnten wir das und ich machte den Job gerne, denn im Treppenhaus standen ihre Birkenstock-Schuhe, die leider nur ein wenig nach Leder rochen. Schade eigentlich, denn ich hatte mehr erwartet.

Fazit:

Ich glaube, dass Martina mir auf die Schliche gekommen war und versuchte heraus zu finden, wie weit ich gehen würde. Doch in der Nachbarschaft etwas anzufangen wäre fatal gewesen und außerdem wollte ich meine Ehe nicht gefährden. Aber es hätte mir sicherlich Spaß gemacht, die wohlgeformten Füße von Martina zu bearbeiten, egal mit welchen Körperteilen.

Bea

Die etwas verschlossene aber interessante Frau

Bea war damals ebenfalls meine Nachbarin und wohnte am Ende unserer Straße. Sie arbeitete schräg gegenüber in einem Büro. Da ich dort auch öfters mal etwas zu tun hatte, kam ich mit ihr und ihrem Mann immer besser ins Gespräch. Sie trug auch täglich Birkenstock-Schuhe, ob zu Hause, oder wenn sie ins Büro ging. Allerdings hatte sie immer Nylonstrümpfe an, was mich immer wieder dazu bewegte, mit ihr in Kontakt zu treten. Auch von einem Fenster aus unserem Haus habe ich sie immer beobachtet, wenn sie zur Arbeit ging. Sie kam immer um dieselbe Zeit, das variierte höchstens mal um zwei drei Minuten. Die Frau hatte eine sehr angenehme und erotische Stimme. Schon morgens als ich noch im Bett lag, dachte ich sehr oft an sie und befriedigte mich schon das erste Mal, bevor ich aufgestanden war.

Wir standen dann mal in der Einfahrt vom Büro und unterhielten uns noch mit anderen Nachbarn. Ich musste immer wieder zu ihren Füßen schauen, weil ich ihren Füßen bislang noch nie so nahe war. Ihre Fußnägel waren sehr gepflegt und hatten eine tolle Form, ebenso der ganze Fuß. Da es zu dieser Zeit noch keine Handys mit Kamera gab, waren die Möglichkeiten ein Foto von ihren Füßen zu machen, recht schlecht und ich hätte es nie gewagt sie zu fragen. Aber an dem Tag hatte sie gemerkt, dass ich laufend auf ihre Füße starre.

Eine Zeit später fand ich im Internet ein Foto von einer Pornodarstellerin, deren Füße unheimlich Ähnlichkeit mit denen von Bea hatten. Nun machte ich mir das Foto groß und begann mal wieder mich mit den Gedanken an Bea´s Füßen zu befriedigen

Irgendwann waren sie mal bei uns zum Feiern und Bea hatte sich irgendwie den Fuß verstaucht. Sie trug natürlich ihre Birkenstock-Schuhe mit weißen Strümpfen. Sie fragte, ob sie ihr Bein ein wenig hochlegen könne. Natürlich hatten wir nichts dagegen, ganz besonders ich nicht, weil sie in diesem Moment auch schon ihre Schuhe auszog. Jetzt hatte ich einen tollen Ausblick auf ihre Füße, sodass ich es mir nicht nehmen ließ, aus irgendeiner Ecke ein Foto mit dem Fotoapparat zu machen. Das tat ich so unauffällig und nicht offensichtlich, dass sie nicht Verdacht schöpfte, die Hauptdarstellerin dieses Fotos zu sein. Natürlich musste der Film erst entwickelt werden, was ich aber in den folgenden Tagen erledigte. Es war zwar nur ein Foto im Format neun mal dreizehn, aber ihren Fuß konnte man darauf sehr gut erkennen und das gab mir zum Anlass, mich wieder auf Bea zu entladen.

Wenig später fragten mich meine Nachbarn, ob ich Ahnung von Spülkästen hätte und ob ich ihren reparieren könne. Es ging um den Spülkasten im Kellerbad und ich willigte ein mal nachzusehen. Bea zeigte mir alles und sagte, dass sie jetzt mal kurz weg müsste aber gleich wieder zurück sei. Ich sagte OK und begann den Spülkasten auseinander zu nehmen. Bea machte oben die Haustür zu und ich hörte, wie sie mit dem Wagen wegfuhr. Das nahm ich zum Anlass mich erst einmal in der Waschküche umzusehen. Dort stand ein Korb mit Schmutzwäsche und ich kramte ganz aufgeregt darin herum. Nun fand ich Nylon Kniestrümpfe von Bea und hielt sie mir unter die Nase. So wie ich es vermutet hatte, rochen ihre Strümpfe göttlich und mein Schwanz war in Sekunden steif, sodass ich mir in Bea´s Waschküche mithilfe ihres göttlichen Duftes einen wichste. Das ging alles in die Hose und ich wagte es diesmal nicht, die Strümpfe mitzunehmen, obwohl ich es gerne getan hätte. Den Spülkasten habe ich anschließen repariert und Bea stand kurz darauf auch schon wieder hinter mir. Sie fragte, ob alles klar sei und ich beantwortete ihre Frage mit Ja.

Ich bin dann befriedigt nachhause gegangen und zog mir erst einmal saubere Unterwäsche an. Bea war ein paar Monate danach mit ihrem Mann ausgezogen und ich habe sie seit dem nie wieder gesehen.

Fazit:

Auch hier war wieder der Reiz erwischt zu werden, sehr groß. Deshalb dauerte es auch nicht lange in der Waschküche. Aber ich glaube, dass sie gewusst hat, dass ich auf ihre Füße abfahre, weil sie mich immer wieder dabei sah, wie ich auf ihre Füße starrte und es kann auch sein, dass sie sich mit meiner anderen Nachbarin Martina darüber unterhalten hatte, denn die beiden konnten ganz gut miteinander. Ich hatte meinen Spaß mit ihren Strümpfen.

Carolin, meine Friseuse
Traumfrau mit Traumfüßen

Damals hatte ich für eine ganze Zeit eine private Friseuse. Da diese nun ihre Tätigkeit aus gesundheitlichen Gründen einstellt hatte, musste ich mich nach einer neuen Dame umsehen, die mir die Haare schnitt. Es gab da einen Friseursalon in unserer Nähe, wo ich mir einen Termin machte. Da ich die Damen dort noch nicht kannte, sagte ich, dass es mir egal sei, von wem ich die Haare geschnitten bekomme. Doch die Dame dich mich bediente, war mir alles andere als sympathisch. Also sagte ich das nächste Mal, dass ich von jemand anderem die Haare geschnitten haben möchte. Auch die nächste Dame entsprach nicht meinen Vorstellungen, weil ich eine andere Kollegin sah, die in Flip-Flops arbeitete. Ihre Fußnägel waren rot lackiert, was super in den Schuhen aussah. Ich merkte mir ihren Namen und ließ mir bei nächsten Anruf einen Termin bei dieser Dame geben. Kurz um, ich hatte meine neue Friseuse gefunden, obwohl ich nicht einmal wusste, ob der Schnitt den sie mir verpasste, überhaupt meinen Vorstellungen entsprach. Das war mir aber eigentlich egal, denn das einzige was für mich zählte, waren ihre Füße. Ansonsten machte sie auf mich einen ganz sympathischen Eindruck und das ließ auf gute Dinge hoffen. Denn zumindest über die Sommermonate hatte ich freie Sicht auf ihre Füße, wenn ich zum Haareschneiden war.

Irgendwann wollte ich mal wieder einen Termin ausmachen und man sagte mir am Telefon, dass die Dame nicht mehr dort arbeitet. Zwangsläufig machte ich einen Termin bei einer anderen Dame, was für mich aber keine Dauerlösung sein konnte. Durch Zufall habe ich beim Einkaufen meine alte Friseuse wieder getroffen. Wir unterhielten uns und sie sagte, dass sie sich selbständig gemacht habe und wenn ich möchte, würde sie mir auch wieder die Haare machen. Natürlich wollte ich das, den wie ich aus dem Gespräch heraus hörte, sollte das Ganze bei ihr zu Hause stattfinden. So gab sie mir ihre Telefonnummer und ich sollte sie anrufen, wenn es soweit war. Das tat ich wenige Tage später und fuhr zum ersten Mal zu ihr hin. Sie empfing mich in Ballerina Schuhen, was für mich aber kein Problem war. Ich merkte, dass ich mich sehr gut mit ihr unterhalten konnte, auch über brisante Themen. Sie war zu Hause recht locker, anders als im Friseurladen. Von nun an machte ich alle drei Wochen einen Termin in der Hoffnung, immer etwas von ihren Füßen sehen zu können. Doch das klappte nur selten.

Da sie ihr Geschäft in einem Wohnhaus betrieb, musste sie sich wegen der Nachbarn eine andere Lösung einfallen lassen. Nun konnte sie in einem Gewerbegebiet eine Räumlichkeit mitnutzen, was aber auf Dauer keine Lösung war. Also beschloss sie, in Zukunft zu ihren Kunden zu fahren. Nun kam sie alle paar Wochen zu mir nachhause, ohne das ich in den vielen Jahren, nachdem sie im Friseursalon gearbeitete hatte, nur einmal ihre Füße zu Gesicht bekommen hätte. Ich machte mich dann in einem der sozialen Netzwerke auf die Suche nach einem Profil von ihr. Natürlich hatte ich sie gefunden und sie bestätigte auch meine Freundschaftsanfrage. Ich durchstöberte ihr Profil und stieß auf ein Foto von ihren Füßen, wo sie auf einer Liege lag. Was für ein Anblick nach so vielen Jahren. Jetzt musste ich nicht laufend meine Fantasien spielen lassen und hatte eine Vorlage zum wichsen von ihr. Fast täglich schaute ich auf ihre Seite, ob es nicht vielleicht ein neues Foto von ihren Füßen gab. Leider vergebens!

Als ich von meiner Frau getrennt lebte, kam Carolin natürlich auch in meine neue Wohnung. Es war Winter und sie kam das erste Mal in Winterstiefeln, die sie brav vor der Haustür auszog. Sie hatte weiße Socken an und ich zum ersten Mal wieder meine Handykamera eingeschaltet und filmte, wie sie ihre Schuhe auszog und danach in meine Wohnung ging. Es war ein toller Anblick ihrer Füße und ich freute mich auf später, wenn ich mir das auf dem PC ansah. Zu der Zeit waren die Kameras noch nicht besonders, sodass sich das auf die Qualität auswirkte. Aber immerhin war das seit langer Zeit mal wieder etwas.

Ich bin dann noch mal umgezogen, sodass ich schon vermutete, dass sich das mit ihr erledigt hatte, denn soweit wollte sie auch nicht fahren. Aber sie hatte mir angeboten, dass ich doch wieder zu ihr nachhause kommen sollte. Ich war froh, denn ich brauchte unbedingt noch brauchbares Material von ihren Füßen.

Es wurde dann auch wieder schönes Wetter, sodass ich hoffen konnte, sie in offenen Schuhen zu Hause anzutreffen. Sie öffnete mir die Tür und mein erster Blick ging auf ihr Schuhwerk. Sie trug flache Mules, sodass ich ihre Zehen gut sehen konnte. Carolin schnitt mir also die Haare und als sie fertig war, machte ich heimlich meine Handykamera an. Ich hielt mein Handy so, dass ich eine tolle Aufnahme von ihren Füßen bekam, als wir miteinander redeten. Sie merkte nichts davon und ich zog freudestrahlend wieder ab in Richtung Heimat. Zu Hause sah ich mir das Video an und holte sofort meinen Schwanz aus der Hose und begann mich zu befriedigen. Was für ein toller Anblick ihrer Füße.

Ein paar Wochen später fuhr ich wieder zu ihr und diesmal hatte sie Birkenstock-Schuhe an. Jetzt sah ich noch mehr von ihren Füßen und während sie mir die Haare schnitt erzählte sie mir auch noch, wie schön es sich an ihren Füßen anfühlt, wenn sie am Strand durch den Sand läuft. Das konnte ich mir gut vorstellen und dachte dabei, wie es ihr denn gefallen würde, wenn ich ihr die Füße mal massieren würde. In mir sprossen schon wieder die wildesten Fantasien und ich konnte es nicht lassen, wieder meine Kamera anzustellen. Was für ein Anblick vor allem die rot lackierten Fußnägel. Wieder zog es mich unendlich schnell nachhause, um mich zu den neuen Bildern von ihr zu befriedigen. Sie hatte aber auch schöne Füße!

Auch das nächste Mal als ich zu ihr fuhr, ging ich mit hohen Erwartungen in ihre Wohnung und ich sah schon am Eingang, dass sie eine Art Flip-Flops trug. Diesmal hatte sie keinen Nagellack aufgelegt und sie erzählte mir wieder etwas über ihre Füße. Nun fragte ich mich schon, warum sie das laufend machte. Hatte sie doch bemerkt, dass ich ihre Füße vergöttere? Jedenfalls hielt es mich nicht davon ab, erneut die Kamera zu starten, um das perfekte Bild von ihren Füßen zu bekommen. Die Aufnahmen wurden super, sodass ich mir wieder eine neue Collage von ihr bastelte, um mächtig abspritzen zu können. Der Anblick ihrer Füße ließ mich so extrem geil werden, dass ich es mir an dem Tag mehrmals machen musste, um überhaupt zur Ruhe kommen zu können. In den letzten Monaten gab mir die Frau so viele Vorlagen, dass ich eigentlich zufrieden hätte sein müssen. Aber ich hatte immer noch nicht das perfekte Foto von ihren Füßen.

Da sie in dem einen sozialen Netzwerk anscheinend nicht mehr so oft war, suchte ich in anderen nach ihrem Profil und wurde fündig. Wieder habe ich eine Anfrage gestellt und die wurde auch recht zügig bestätigt. Nun konnte ich ihr Profil durchstöbern und traute meinen Augen nicht. Sie hatte zwei andere Fotos von ihren Füßen hochgeladen, ebenfalls, wo sie auf einer Liege lag. Auf dem einen hatte sie roten Nagellack und auf dem anderen keinen. Die Fotos habe ich mir sofort heruntergeladen und ich merkte schon wieder, wie sich meine Hose ausbeulte. Was für ein geiler Anblick ihrer Füße.

Nun war es aber auch mal gut und ich hatte mich in den letzten Wochen zu genüge befriedigt, während ich mir ihre Füße ansah.

Ich brauchte erst einmal eine Pause von ihr und sah mich anderweitig nach schönen Frauenfüßen um.

Fazit:

Ich weiß, dass es verboten ist, heimlich jemanden zu filmen. Es waren nur die Füße, keine Gesichter. Ich konnte einfach nicht anders, weil meine Geilheit mal wieder mit mir durchging. Aber wenn ihr euch mal bei den Onlineplattformen umschaut, werdet ihr sehen, dass es dort jede Menge von Videos dieser Art gibt. Also wusste ich daher, dass ich nicht alleine mit meinen Vorlieben war, gerade wenn man sich die Zahl der Aufrufe ansieht. Wie gerne hätte ich Carolin einfach mal auf ihren Tisch gesetzt und hätte ihr schön die Füße verwöhnt. Nach wie vor vergöttere ich ihre geilen Füße, aber das nur still und heimlich, ohne das sie davon etwas ahnt. Glaube ich zumindest!

Aber Jahre später hatte ich dann

einfach mal versucht, dass Thema Füße über die sozialen Netzwerke mit ihr zu diskutieren. Sie lud nämlich laufend im Urlaub Fotos von ihren Füßen hoch und ich konnte es nicht lassen, ihr zu schreiben, dass sie schöne Füße hat. Aber irgendwie ging sie nicht richtig darauf ein. Klar, sie war verheiratet, aber ich bin mir sicher, dass sie gerne mit mir darüber diskutiert hätte.

Leider waren die Aufnahmen nach meiner zerstörten Festplatte nicht mehr verfügbar, sodass ich erneut versuchte, die Kamera bei ihr einzuschalten. Dabei bekam ich wieder neues Material und auch in den sozialen Netzwerken lädt sie immer mal wieder Fotos von ihren Füßen hoch.

Christine
Die mit den süßen Zehen

Christine kannte ich nur flüchtig von der Tankstelle, an der ich am Wochenende immer meine Brötchen holte. Sie war mir schon öfters aufgefallen, weil sie ein wunderschönes Gesicht hatte. Ihre Figur war auch OK, so wie ich das aus meinem Blickfeld beurteilen konnte. Es dauerte sehr lange, dass ich ihren Nachnamen erfuhr. Und das auch nur durch Zufall. Nun konnte ich in den sozialen Netzwerken nach ihr suchen, um eventuell ein Foto von ihr zu bekommen. Zunächst fand ich überhaupt nichts von ihr, vielleicht hatte sie auch ein Pseudonym, unter dem sie aktiv war.

Nun dauerte es einige Jahre, bis ich sie gefunden hatte. Anscheinend hatte sie ihren Account erst eröffnet. Sie hatte einige Fotos von sich hochgeladen, sodass für mich mal wieder ein kleiner Traum in Erfüllung ging. Auch wenn ich ihre Füße nicht sehen konnte, waren die Bilder ihres Gesichtes ein wunderbarer Ersatz. Ich schaute regelmäßig auf ihre Seite in der guten Hoffnung, endlich ihre Füße sehen zu können.

Zunächst fand ich erst mal Fotos von ihr in Ballerina Schuhen. Ihre kleinen Zehen schauten etwas aus dem Schuh heraus. Der Anblick machte mich schon wieder nachdenklich und ich konnte es kaum erwarten, mehr zu sehen. Irgendwann lud sie ein Foto hoch, wo sie mit nackten Füßen auf einem Sofa saß. Leider konnte ich ihre Zehen nicht sehen, aber dafür ihre Fußsohlen. Ihre Haut war recht weiß, was mich wiederum in Fantasien schwelgen ließ. Mir gefiel das einfach. Immerhin hatte ich was als Vorlage, was mir aber nicht reichte. Was wollte ich machen, es gab keine Möglichkeit, irgendetwas von ihr zu finden.

Vormittags ging ich dann mal einkaufen und ich sah, wie Christine mit ihren beiden Kindern hinter mir war. Natürlich tat ich so, als wenn ich was suchte, um ihr etwas näherzukommen. Mir ging es nur darum zu erkunden, was sie für Schuhe trug und ob ich etwas von ihren Füßen zu sehen bekam. Ich fiel aus allen Wolken, als ich sah, dass sie beim Einkaufen Strappy Heels anhatte. Der Absatz war nicht besonders hoch, aber ihre kleinen Zehen kamen in den Schuhen extrem gut zur Geltung. Ich sagte Hallo und versuchte irgendwie die Route zu nehmen, die sie auch mit ihren Kindern durch den Einkaufsladen nahm. Das Hallo hatte sie erwidert, schließlich kam ich seit Jahren bei ihr an die Tanke. Nachdem sie nun in eine andere Richtung, ging als ich wollte, zog ich es vor, es dabei zu belassen. Mein Handy hatte ich nicht mit und außerdem war ich ihr schon mehrmals über den Weg gelaufen. Das reichte!

Fazit:

Ich habe mir das Bild von ihren kleinen Zehen so eingeprägt, dass ich heute nach über zehn Jahren ihre Füße sofort wieder erkennen würde. An der Tanke hatte ich sie auch mal in Sneakers gesehen, als sie sonntagmorgens zur Arbeit kam und quer über die Tankstelle lief. Hier hätte ich sie am liebsten angefallen und sie ihrer Schuhe entledigt. Aber das blieb natürlich auch nur Fantasie und ich habe diese dazu genutzt, mich unendlich oft zu befriedigen.

Manuela
Lange auf diesen Anblick gewartet

Manuela kannte ich von einer anderen Tankstelle. Dort kehrte ich des Öfteren nach meiner Arbeit ein und holte mir etwas zu essen. Sie war blond und unheimlich attraktiv. Nur was ich von ihr nicht sehen konnte, waren ihre Füße. Mich hatte es unheimlich neugierig gemacht, wie ihre Füße aussahen, doch weder kam sie hinter dem Tresen hervor, noch wusste ich, was für Schuhe sie trug. Also musste ich mich gedulden mit wenig Hoffnung auf Erfolg.

Irgendwann machte ich mich wieder in den sozialen Netzwerken auf die Suche, denn ihren Namen kannte ich von ihrem Namensschild. Auch von ihr fand ich was im Internet, doch leider kein Fußfoto. Aber dafür viele schöne Profilfotos.

In meinem Singledasein hatte ich ja nun auch ohne Ende Zeit, sodass ich öfters mal an die Tankstelle fuhr, um einfach nur mal einen Kaffee zu trinken. Ich setzte mich also an die etwas höheren Tische, sodass ich den Ausgang des Tresens im Blick hatte. Es war Sommer und immerhin konnte es ja sein, dass Manuela zumindest offene Schuhe trug. Leider war die Tankstelle oftmals so überfüllt, dass sie nicht hinter dem Tresen vorkam. Gelegentlich war auch eine andere Kollegin da, die mich ebenso interessierte. Bei ihr sah ich recht schnell, dass sie an der Arbeit hohe Chucks trug. Da malte ich mir schon wieder aus, wie ich ihr die Schuhe ausziehen darf. Blieb logischerweise Fantasie, wie immer!

Aber Manuela interessierte mich mehr, sodass ich immer wieder auf einen Kaffee dort hinfuhr. Wir hatten uns auch immer mal nett unterhalten, allerdings stand sie dabei immer hinter ihrem Tresen. Irgendwann hatte ich dann Urlaub, sodass ich nun auch mal vormittags zur Tankstelle fuhr in der Hoffnung, ihre Füße zu Gesicht zu bekommen. Wieder setzte ich mich an den Tisch. Ich hatte eine Kochwurst und einen Kaffee vor mir stehen, als Manuela hinter ihrem Tresen hervorkam und ins Lager ging. Sie hatte gelbe Flip-Flops an und ihre Fußnägel waren Dunkelrot lackiert. Was für ein Anblick! Mir fiel auf, dass der Zeh neben dem großen etwas länger war. Mich störte das ein bisschen, denn das war genau das, was ich an Frauenfüßen nicht mochte. Trotzdem waren sie schön anzusehen und in mir sprudelten wieder, unheimlich geile Fantasien. Meine Kochwurst hatte ich bereits verspeist und der Teller stand leer auf meinem Tisch. Manuela kam in einer ruhigen Sekunde an meinen Tisch und nahm meinen Teller mit. Nun hatte ich einen noch näheren Blick auf ihre Füße, die mir unheimlich gepflegt schienen. Jetzt hieß es nichts wie nachhause, ein Bild von ihr auf den Bildschirm und dann seinen Fantasien freien Lauf lassen. Dabei kam es mir mal wieder unheimlich schnell, weil ich so lange auf den Anblick ihrer Füße gewartet hatte.

Hin und wieder sah ich auf ihrer Seite in den sozialen Netzwerken nach, ob sie neue Fotos von sich hochgeladen hatte. Schon als ich auf ihre Seite kam, sah ich auf dem Titelbild ihre Füße im Sand. Es schien mir, als wenn Ostern und Weihnachten in diesem Jahr auf ein und denselben Tag fallen würde. Ihre Füße waren auf dem Foto zwar nicht richtig in Szene gesetzt worden, aber ihren Nutzen tat das Foto allemal.

Zwischendurch lud sie immer mal wieder Fotos hoch, allerdings nur von ihrem Gesicht oder auch mal ihre ausgestreckten Beine in Strumpfhose und Stiefeletten. Das war ja immerhin etwas!

Es dauerte noch mal über zwei Jahre, als sie ein Foto von ihren Füßen aus dem Urlaub hochlud, ebenfalls im Sand. Dieses Foto war besser getroffen, denn ihre Füße hatten dabei eine schöne Form bekommen. Einen Tag später folgte noch mal ein Foto, wo sie auf Fliesen stand. Das Foto war bisher das schönste, was ich von ihren Füßen gesehen hatte. Ihre Fußnägel waren Hellblau lackiert und so gab mir das den Anlass, mir wieder eine neue Collage von ihr zu basteln. Das tat ich auch in Windeseile und befriedigte mich anschließend mehrmals zu ihrem Anblick.

Ich war zwar Single gewesen, aber auch hier hätte ich nie den Mut gehabt, sie in irgendeiner Art und Weise anzubaggern. Immerhin war sie über zehn Jahre jünger als ich und ich konnte in der Zeit nach meiner Trennung überhaupt nicht mit Körben umgehen.

Fazit:

Wie meistens in meinem Leben blieb alles nur Fantasie. Doch der Anblick von ihren Füßen gab mir gerade in dieser schweren Zeit nach der Trennung ein wenig Abwechslung, genau so wie der Anblick anderer Frauenfüße. Natürlich wollte ich in meinem neuen Single Leben auch Sex mit Frauen haben, aber das stellte sich gar nicht als so einfach heraus. Noch nicht einmal, als ich mir eine Nutte ins Haus kommen lassen wollte. Aber davon erzähle ich später.

Trotzdem bleibt Manuela weiterhin mit ihren Füßen in meiner Fantasie eine haushohe Favoritin.

Luna
Die heiße Italienerin

Luna wohnte mir ebenfalls schräg gegenüber. Wir hatten uns mit ihr und ihrem Mann ein wenig angefreundet, aber nichts Enges. Luna war eine rassige Italienerin, die bevorzugt Strumpfhosen trug, wenn sie ins Büro ging. Sie fuhr jeden Morgen um dieselbe Zeit weg, sodass ich aus einem Zimmer im Obergeschoss genau zu ihrer Haustür sehen konnte. Sehnsüchtig wartete ich viele Tage, dass sie endlich zur Arbeit fuhr. Ich hatte sie auch öfters von nahem gesehen, aber das verbotene Beobachten machte mich unheimlich heiß auf diese Frau. Dass ich von weitem eigentlich so gut wie nichts sehen konnte störte mich nicht, denn der Anblick ihrer Figur und ihren langen lockigen Haaren reichte mir vollkommen aus. Doch eines Tages im Sommer sah ich, wie sie in Strappy Heels aus dem Haus ging. Da wäre ich natürlich gerne näher an ihr dran gewesen, um endlich in den Blickgenuss ihrer Füße zu kommen. Danach malte ich mir in meinen Gedanken aus, wie ihre Füße denn aussehen könnten. Als ich im letzten Herbst mal kurz bei ihnen war um etwas abzuklären, bat sie mich kurz herein. Sie hatte Birkenstocks und schwarze Socken an. Immerhin konnte ich dort zumindest schon mal ihre Fußform erkennen, die recht breit war.

Da sie beruflich auch öfters unterwegs war, begann ich das Internet zu durchforsten. Irgendwo musste ich doch Bilder von ihr finden. Auf der Website der Firma, in der sie arbeitete, fand ich ein Foto von ihrem Gesicht. Immerhin etwas dachte ich mir und suchte von Zeit zu Zeit immer wieder mal das Internet ab. Nun stieß ich über die Bildersuche auf ein Foto von ihr, wo sie auf einer Liege saß und einen Fuß oben hatte. Der Fuß war nackt und ich regte mich darüber auf, dass das Bild sehr klein war. Ich konnte zwar ihren Fuß sehen, aber nur recht schlecht. Da musste es doch noch irgendwo ein größeres Foto von ihr geben. Also suchte ich so lange, bis ich was gefunden hatte. Das Foto war so groß, dass ich sogar ihre Fältchen an den Füßen sehen konnte. Ihre Füße waren sehr gepflegt und ihre Nägel waren lackiert. Ich wurde immer nervöser und mein Blutdruck stieg mal wieder in enorme Höhen. Nun musste ich noch ein paar Bilder von ihrem Gesicht finden und alles war gut. Ihre Firma war auch in sozialen Netzwerken vertreten, sodass ich dort super Bilder von ihr fand. Wieder baute ich mir eine Collage und befriedigte mich ohne Ende zu ihren Füßen.

Eine ganze Zeit später fand ich noch weitere

Bilder von ihr im Netz, sodass ich wieder begann zu basteln. Wieder kam es mir gewaltig bei ihrem Anblick und ich konnte gar nicht damit aufhören, mich zu befriedigen. So tat ich, das mehrere male an diesem Tag, bis ich nicht mehr konnte. Aber mein Kopf wäre dazu noch bereit gewesen.

Fazit:

Wie gerne hätte ich mit ihr was angestellt, aber ich war verheiratet und es schied nun mal aus. Aber ob sie daran überhaupt Interesse gehabt hätte, bezweifele ich. Denn sie hatte auch einen Mann und deren Beziehung schien bestens zu laufen. Also begnügte ich mich weiter mit ihren Bildern und stellte mir vor, wie ihre Füße in ihren Strumpfhosen wohl aussehen würden, denn dieser Anblick blieb mir verwehrt. Aber ich hätte auch gerne mal an ihren Füßen gerochen, wenn sie nach einem Arbeitstag abends nachhause kam. Ich könnte mir schon vorstellen, dass dies nach einem langen Tag in Stiefeln höchster Genuss für mich gewesen wäre.

Nikki
Sportlich und gepflegt, von Kopf bis Fuß

Nikki war die Frau meines Arbeitskollegen. Über viele Jahre hinweg habe ich darauf gewartet, endlich ihre Füße sehen zu können. Aber meistens, wenn wir uns sahen, war es Herbst oder Winter, sodass ihre Füße immer gut verpackt waren. Auch als ich mal mit meiner Frau dort eingeladen war, trug sie in der Wohnung geschlossene Schuhe. Irgendwie sollte es nicht sein, ich wollte doch nur mal einen Blick darauf werfen. Nach sehr vielen Jahren war ich dann mal bei meinem Kollegen im Keller und seine Frau kam durch Zufall auf Strümpfen ebenfalls in den Kellerraum. Sie trug schwarze Sneaker Söckchen, was mein Herz schneller schlagen ließ. Zumindest hatte ich jetzt mal ihre Fußform gesehen und konnte ich mir den Rest schon mal halbwegs ausmalen. Gar nicht so schlecht dachte ich und hoffte irgendwann auf mehr.

Auch hier hatten mich die sozialen Netzwerke dazu animiert, nach den beiden zu suchen. Nikki hatte ein Profil, ebenso auch mein Kollege. Ich schickte den beiden Freundschaftsanfragen, die sie mir auch recht schnell bestätigten. Nun machte ich mich auf die Suche nach Bildern von ihr. Auf ihrer Seite wurde ich sofort fündig, denn auf ihrem Titelbild waren bereits ihr Füße zu sehen. Das war zu Beginn alles, aber immerhin hatte ich wieder was zu basteln.

Eine ganze Zeit danach kam nichts, sodass ich bald die Hoffnung aufgab. Ich erinnerte mich auf einmal daran, dass ich noch irgendwo Bilder von den beiden haben musste, wo sie zu Hause mal eine Fotosession gemacht hatten. Die Bilder waren qualitativ so schlecht, dass ich sie irgendwie vergessen haben musste. Ich durchsuchte meine CDs, wo ich noch Bilder aus einem alten sozialen Netzwerk abgespeichert hatte. Dieses gab es nicht mehr und war über die Jahre hinweg aus meinem Gedächtnis verschwunden. Da hatte ich doch wirklich Bilder, wo sie mit nackten Füßen zu sehen war und ich hatte es total vergessen. Wie konnte ich nur so dumm sein!

Nun kopierte ich mir die Bilder auf meinen PC und begann zu basteln. Aber die Qualität der Bilder war so schlecht, dass es mich kaum erregte. Trotzdem befriedigte ich mich zu dem Anblick ihrer geilen Füße.

Das konnte es nicht gewesen sein und hoffte weiterhin auf neues Material. Irgendwann lud mein Kollege ein Foto hoch, worauf der Vordergrund des Bildes eigentlich relevant war. Doch im Hintergrund am Rand des Bildes sah man ihre Füße. Sie saß dort wohl auf einem Stuhl im Garten auf der Terrasse. Was für ein Zufall dachte ich mir und lud das Foto sofort herunter. Es war zwar nicht mehr übermäßig gut von Qualität, aber es reichte allemal, um mich darauf zu befriedigen. Ihre Fußnägel waren rot lackiert, was mich sehr anmachte.

Ich schaute nun auch nach und nach mal auf ihrer Seite vorbei, um zu sehen, ob sie etwas Neues von sich hochgeladen hatte. In bestimmten Abständen kam zuerst ein Foto in schwarzen Strümpfen, dann noch mal eins in schwarzen Strümpfen in Großaufnahme und eins in grauen Sneaker Söckchen. Für mich war das ein Festschmaus gewesen, denn es bescherte mir so viele Orgasmen wie schon lange nicht mehr.

Fazit:

Zu gerne wäre ich an ihre Socken gekommen. Sie joggte und ich hätte mir gut vorstellen können, dass dabei sicherlich ein interessanter Geruch entstanden war. Doch auch hier ergab sich nie Chance. Aber wer weiß, für was es gut war, denn es bestand ja auch immer die Möglichkeit, bei irgendwelchen Aktionen erwischt zu werden.

Bienchen

Schweißfüße, in deren Genuss ich nie kam

Bienchen war die Freundin meines damaligen Schwagers. Sie war attraktiv und trug niemals Strümpfe. Egal in welcher Jahreszeit, sie war immer Strumpflos, was mir gefiel, auch wenn ich den Anblick bestrumpfter Füße mochte. Dass sie ein ungeheuerliches Potenzial hatte, wusste sie sicherlich nicht. Denn hätte sie Strümpfe getragen, hätten die sicherlich etliche Abnehmer im Netz gefunden. Ihre Füße waren hübsch, hatte immer lackierte Fußnägel. Das stellte ich aber erst eine ganze Zeit später fest.
Doch mit Potenzial meine ich, dass sie unheimliche Schweißfüße hatte. Nicht nur ich habe diese Vorliebe, sondern da draußen gibt es unglaublich viele Männer und Frauen mit dem gleichen Faible.
Da sie meisten klamm war, hätte sie doch einfach ihre getragenen Strümpfe verkaufen sollen. Ich war mir sicher, dass sich das in der Fußfetisch Szene herumgesprochen hätte und sie damit eine gute Mark hätte machen können. Nur leider hatte sie eine Abneigung gegen Strümpfe, weshalb auch immer.
Es war mal an einem Weihnachtstag und Bienchen hatte Dienst schieben müssen.

Deshalb kam sie später und wir hörten, dass sie nun angekommen war. Der ein oder andere ging zum Fenster, um zu sehen, dass sie heile nach drinnen kommt, denn es hatte geschneit. Sie ging um ihr Auto an den Kofferraum und begann, sich ihre Stiefel auszuziehen. Draußen war es sehr kalt und durch die extreme Wärme in ihren Stiefeln fingen beim Ausziehen ihre Füße an zu qualmen. Gegenüber schaute ein Nachbar im gehobenen Alter aus dem Fenster und bekam bei ihrem Anblick Stielaugen, auch wenn er weiter von der Straße weg war als wir. Aber die Qualmentwicklung war sicherlich auch von dort deutlich für ihn zu erkennen. Sie zog sich bequemere Schuhe an und kam dann nach oben, wo wir noch ein bisschen feiern wollten. Das Thema war Gesprächsstoff für den ganzen Abend. Ich ließ mir nichts anmerken und diskutierte fleißig mit, denn ich hatte durch den Alkohol meine Scham verloren.

Einige Zeit später zogen Bienchen und mein Schwager mit in die Wohnung meiner Schwiegermutter. Immer wieder hörte ich Geschichten von Bienchens Schweißfüßen. Wenn sie abends von der Arbeit kam, müssen ihre Füße ein unglaubliches Aroma gehabt haben, denn man forderte sie unmittelbar, nachdem sie ihre Schuhe ausgezogen hatte auf, sie waschen zu gehen, weil bereits das ganze

Wohnzimmer nach ihren Füßen gerochen hatte. Wie gerne wäre ich dabei gewesen um ihren Duft einzuatmen!

Sie sind dann später in ein Haus gezogen, wo wir des Öfteren auch zu Besuch waren. Auch hier trug sie immer Schuhe, sodass ich zu dem Zeitpunkt noch nicht richtig in den Genuss gekommen war, ihre Füße von nahem zu sehen. Ich hoffte, dass sich das irgendwann ändern würde.

Erst im übernächsten Sommer bekam ich dann die Gelegenheit, ihre Füße zu sehen. Sie lag bei meiner Schwiegermutter auf der Liege und sonnte sich. Sie hatte nur ein paar Mules neben sich stehen und ich genoss den Anblick ihrer geilen Schweißfüße. Ich hatte ununterbrochen auf ihre Füße gesehen, sodass ich es nicht mehr aushalten konnte und bin kurz nachhause gegangen um zu wichsen. Nichts hatte mich mehr gehalten, in mir sprossen auf einmal wieder Fantasien. Am liebsten hätte ich ihr auf die Füße gespritzt, nachdem ich ihre geilen Schweißfüße gefickt hätte. Doch wie immer blieb auch das nur Fantasie und wenn ich heute daran denke, könnte ich mich schon wieder zu den Gedanken befriedigen.

Fazit:

Bienchen wäre ein Lebenstraum von mir gewesen. Hübsche Füße, mit extremen Geruch, mehr wollte ich gar nicht. Ich war immer noch verheiratet und hätte nie etwas mit einer anderen Frau angefangen. Auch bevor ich verheiratet war, bekam ich nie die Gelegenheit, mit einer solchen Frau in Kontakt zu treten. Klar, es gab ein paar Frauen, die mich gereizt hätten, aber die waren immer vergeben und hätten auch sicherlich an mir kein Interesse gehabt. Schon gar nicht, wenn ich ihnen von meiner Vorliebe erzählt hätte. Ich weiß aber mittlerweile, dass viele Frauen tolerant sind und sogar Gefallen daran haben, ihre Partner mit den Füßen zu verwöhnen. Doch blieben die meinem Leben fern.

Fernsehfrauen
Geil auf das unerreichbare

Das Internet bietet eine ganze Menge von Websites an, wo sich alles um das Thema Füße dreht. Egal ob Frauen aus dem Fernsehen, prominente Frauen oder gar welche, die einfach Spaß daran haben, die Männerwelt verrückt zu machen. Nicht alle Männer stehen auf Füße, aber es gibt bedeutend viele, die den Anblick eines schönen Fußes nicht verachten.

Bei mir hat es so angefangen, dass wenn ich eine Frau im Fernsehen gesehen hatte, gleich das Verlangen kam, ihre Füße zu sehen. Passiert das nicht in der Sendung, schaltete ich anschließend den PC ein und suchte nach der Frau im Internet. Da ich die Plattformen schon kannte, war es nicht schwer von der entsprechenden Frau etwas zu finden. Egal ob Moderatorin, Schauspielerin oder ähnliches, keine Frau war sozusagen vor mir sicher. Ich sah mir ihre Füße an und befriedigte mich dabei. Ich habe mir immer vorgestellt wie es wäre, wenn ich die Füße der Frauen im Fernsehen berühren könnte. Es gab da viele schöne Füße, aber was ich auch feststellte, dass die ganz hübschen Frauen nicht unbedingt auch die schönsten Füße haben mussten. Vielmehr waren es die Durchschnittsfrauen, die die hübscheren Füße hatten. Aber die Schönheit liegt ja bekanntlich beim Betrachter. Es kann natürlich auch sein, dass es Männer gibt, die das anders sehen. Aber zumindest war das meine Erfahrung.

Egal ob ich beim Arzt saß oder auch anders wo, selbst in Zeitschriften ging mein Blick immer zuerst zu den Füßen der Frauen. Es gab aber auch prominente Frauen, die es darauf angelegt hatten und hielten ihre Füße absichtlich in die Kamera. Dabei sprachen sie sogar das Thema Fußfetisch offen an. Ich bin mir sicher, dass es unheimlich viele Frauen gibt, die offen mit dem Thema umgehen können. Nun stand für mich immer die Selbstbefriedigung im Vordergrund, wenn ich mir diese Frauen ansah. Es machte mich unendlich geil, mir die toll gestylten Frauen anzusehen und dabei zu wichsen. Aber wahrscheinlich auch deswegen, weil ich so hübsche Frauen in meinem Leben nicht bekam. Ich stand auf das hübsche und gepflegte Auftreten der Frauen.

Fazit:

Schon morgens, wenn ich aufgestanden war, griff ich zuerst zu der Fernbedienung und schaltete den

Fernseher ein. Meistens lief ARD, ZDF, SAT1 oder RTL bei mir. Sie hatten ein Frühprogramm und es ergab sich des Öfteren, dass man die Kameras auf die Füße der Moderatorinnen hielt. Sie machten einen Spaß mit und das fand ich spätestens am nächsten Tag in irgendeinem Portal als Download. So sammelte ich neben Bildern auch noch Videos, die nur zur Selbstbefriedigung dienten.

Heutzutage findet man überall im Netz das, was man braucht. Viele prominente Frauen zieren sich nicht, ihre Füße öffentlichen in den sozialen Netzwerken zu zeigen. Es gibt auch viele andere Plattformen, die sich auf die Füße prominenter Frauen spezialisiert haben. So bekommt man heute mit nur einem Klick Fotos in bester Qualität.

Isa und die Damen vom Zahnarzt
Ablenkung auf besondere Art und Weise

Wie viele von uns gehe auch ich nicht gerne zum Zahnarzt. Doch irgendwann im Leben lässt sich das nicht mehr vermeiden. Also suchte ich mir einen Zahnarzt bei mir in der Nähe. Es war Winter, als ich das erste Mal die Zahnarztpraxis betrat. Ich war nervös, denn mein letzter Besuch bei einem Zahnarzt war sehr lange her. Die Praxis war modern, genau so wie die zahnmedizinischen Angestellten. Hier war ein Paradies von hübschen Frauen und bevor ich überhaupt behandelt wurde stand für mich fest, dass ich ab sofort regelmäßig dort hingehen würde. Die vier Mädels hatten lange weiße Hosen an und bei der ein oder anderen blinzelte sogar ein weißer Strumpf heraus.

Ich saß bereits auf dem Behandlungsstuhl und verdrehte meinen Kopf nach der hübschen Italienerin, die am Laptop stand und alles für den Arzt vorbereitete. Vergebens wartete ich darauf, dass sie aus ihrem Schuh schlüpfte. Aber da ich ja nun regelmäßig dort hin wollte, wusste ich, dass ich irgendwann Einblicke bekommen würde. Aber auch die anderen Mädels waren nicht von schlechten Eltern, sodass ich sogar anfing, mit ihnen zu flirten.

Sie strahlten eine Ruhe aus und gingen auch unheimlich schnell auf mich ein. Nicht in sexueller Hinsicht, aber die Mädels waren einfach cool.

Aber wie schon gesagt schlug mein Herz für die Italienerin, die eine unheimlich tolle und beruhigende Ausstrahlung hatte. Immer wieder versuchte ich, nur einen winzigen Blick ihrer Füße zu erhaschen. Aber leider immer wieder vergebens. Mein Versuch lag nun wiedermal darin, sie irgendwo in den sozialen Netzwerken zu finden. Nach kurzer Suche fand ich schon mal einige Artikel über sie und unter anderem auch in einem sozialen Netzwerk. Wieder klickte ich die Anfrage zur Freundschaft und schrieb ihr noch ein paar nette Worte in der privaten Nachricht. Noch am selben Tag bestätigte sie mir diese. Mehr als nur ein paar Fotos von ihrem Gesicht fand ich zu dieser Zeit nicht, aber ich war mir auch hier sicher, dass sich das irgendwann ändern wird.

Es ergab sich dann mal das Isabella, als ich fertig war und am Tresen einen neuen Termin ausmachte, an einem Arbeitsplatz hinter dem Tresen saß und ihre Füße auf dem Gestell des Bürostuhles absetzte. So konnte ich sehen, dass sie weiße Sneaker Söckchen trug und das sie ihr fast von der Ferse rutschten. In mir sprossen mal wieder die Fantasien und ich machte mich nichts wie nachhause zum wichsen. Das war auch das einzige Mal, dass ich irgendetwas von ihren Füßen gesehen hatte. Da ich nun dreimal im Jahr zum Zahnarzt ging, vermisste ich Isabella irgendwann, denn ich hatte sie seit über eineinhalb Jahren nicht mehr gesehen. Es konnte ja sein, dass sie Urlaub hatte, krank war oder nur in einem anderen Behandlungszimmer tätig war. Aber trotzdem kam mir das komisch vor, denn die Zahnmedizinischen Angestellten hatten bereits gewechselt, sodass ich immer wieder neue Gesichter sah. Ich sah also nicht nur neue Gesichter, sondern auch ein paar neue Füße. Die eine hatte einfache Birkenstocks an, sodass sich mein Blick laufend zu Boden führte, um mich mit Blicken, auf das mir Bevorstehende ablenkte. Die andere hatte ein Art Mules an, wo nur ihre Rosa lackierte Fußnägel und ihre Fersen zum Vorschein kamen. Als ich wieder zu Hause war, suchte ich mir ihre Namen auf der Website des Zahnarztes heraus und begann sofort über die Suchmaschine irgendetwas zu finden. Zwei der Mädels fand ich in den Netzwerken, aber von der mit den rosa Fußnägeln, war nichts zu finden. Aber auch nur bei einer der beiden anderen Mädels fand ich Fußfotos auf ihrer Seite. Das brachte mich natürlich auch schon wieder in Stimmung und es nahm ein Ende voller Erleichterung.

Aber wo war Isabella abgeblieben?

Nach ausgiebiger Recherche sah ich, dass sie mittlerweile bei einem anderen Zahnarzt tätig war. Wieder gab es ein ganz tolles Foto von ihr auf der Website des Zahnarztes. Immer wieder kam mir der Anblick von Isabellas Söckchen in den Sinn, sodass ich mir eine Collage mit ihrem Gesicht und die bestrumpften Füße einer anderen Frau bastelte. Der Anblick machte mich mal wieder so extrem geil, dass meine Fantasie mal wieder mit mir durch ging. Nun schnitt ich mir ein Video zusammen, wo eine Frau in weißen Sneaker Söckchen einem Mann einen Footjob verpasste. Das machte mich noch geiler, denn ich stellte mir beim wichsen vor, dass es Isabellas Füße und mein Penis wäre. Daraufhin spritzte ich unheimlich ab und ich konnte mich danach kaum beruhigen. In den nächsten Tagen beschäftigte mich Isabella immer noch und ich musste mich pausenlos auf sie entleeren. Nach einigen Tagen ließ das dann nach und ich suchte bereits nach neuen Vorlagen zum Wichsen.

Fazit:

Isabella war einfach eine ganz tolle Frau. Sie war klein, hatte lange dunkle Haare und ich würde mal so schätzen, dass sie höchstens Schuhgröße 37 getragen hatte. Ich stand eigentlich mehr auf blonde Frauen, aber diese rassige Südländerin hatte es mir ebenfalls angetan. Vor einiger Zeit lud sie auf ihrem Profil im Internet mal ein Ganzkörperfoto von sich hoch, wo man auch sehr gut ihre Füße sehen konnte, hauptsächlich aber ihre Zehen. Mir fiel dabei auf, dass sie Hammerzehen hatte und das war das, was ich überhaupt nicht erwartete. Für mich wurde die Frau auf einen Schlag uninteressant. Vielleicht war das Foto auch einfach nur schlecht getroffen, aber ich denke, dass ich das gesehene richtig eingeschätzt habe.

Als ich mich dazu entschied dieses Buch zu schreiben, fiel mir gleich Isabella ein. Sollte ich sie einfach mal nach einem Foto fragen?

Da es mir diese Frau ungemein angetan hatte und ich unbedingt wissen musste, wie ihre Füße ohne Schuhe aussehen, unternahm ich den Versuch, und schrieb sie einfach an. Ich bezog mich darauf, dass wir uns aus der Zahnarztpraxis kannten. Schließlich hatten wir uns ein paar Jahre nicht mehr gesehen. Natürlich fiel ich auch nicht gleich mit der Tür ins Haus, sondern fragte erst einmal ganz vorsichtig, ob ich sie mal etwas fragen dürfte. Sie fragte dann, worum es ginge. Ab da konnte ich es nicht mehr halten. Ich erklärte ihr meine Vorliebe und fragte einfach darauf los. Vielleicht war das auch etwas zu schnell, denn Isabella ging überhaupt nicht auf das Thema ein. Eigentlich wollte ich doch nur ihre Füße sehen! Ein wenig davon hatte sie doch schon in den sozialen Netzwerken gezeigt. Warum hatte sie denn damit ein

Problem? Da sie gleich alles abblockte, hatte ich auch keine Möglichkeit, weitere Fragen rund um das Thema Fußfetisch zu stellen, so wie ich es mir außerdem noch vorgenommen hatte. Hier stieß ich auf absolutes Unverständnis, wobei ich nicht sagen kann, ob es am Thema, an ihrer Scheu oder vielleicht sogar an meiner aufdringlichen Art lag. Nun wusste ich zumindest, wie ich es nicht angehen darf.

Frauenstrümpfe
Die Sucht nach getragenen Strümpfen

Am Ende meiner Ehe konnte ich nun alles tun, wozu ich sexuell Lust hatte. Im Internet machte ich mich auf die Suche nach jungen Frauen, die ihre Strümpfe verkauften. Ich war so geil darauf, dass ich mich zurückerinnerte mal etwas gelesen zu haben, wo eine Frau ihre Strümpfe verschenkte. Sie wollte aber von den Männern im kleinsten Detail wissen, was sie mit ihren Strümpfen anstellen.

Ich hatte die Anzeige dann auch wieder gefunden mit einer Mailadresse, die ich sofort abschrieb. Die Dame meldete sich auch und sie war sofort bereit, mir unentgeltlich ihre getragenen Strümpfe zu schicken. Hatte ich ein Glück! Dazu bekam ich noch ein Fußfoto von ihr und es dauerte auch nur zwei Tage, bis ich ihre Post im Briefkasten hatte. Wieder schlug mir das Herz bis zum Hals und ich konnte es kaum erwarten, an ihren Strümpfen zu riechen. Ich ging nun in mein Büro, sah mir ihr Foto an und spritzte den einen Strumpf mit einer großen Ladung voll, während ich an dem anderen roch. Das ging auch wieder sehr schnell, denn das machte mich unheimlich geil. Anschließend machte ich ein Foto von ihrem Nylon Söckchen und schickte es ihr mit einem unheimlich geilen Text. Das war es doch, was sie wollte. Sie war begeistert und schrieb mir, dass ihr Bruder früher immer ihre Strümpfe geklaut hat und das es sie immer erregt hätte, wenn sie daran gedacht hat, was er damit anstellt. Nun schrieb ich ihr immer wieder, denn ich wollte unbedingt noch ein paar weiße Söckchen von ihr haben. Auch hier war sie bereit, mir diese zu schicken und ich machte es mir in meinem Büro in der neuen Wohnung mit ihren Söckchen. Ich zog mir sogar einen Strumpf über meinen Schwanz und spritze immer wieder fleißig hinein. Dazu machte ich Bilder und schickte der Dame diese mit entsprechender Beschreibung. Ihr gefiel es wieder, aber irgendwann riss der Kontakt leider ab.

Noch in der alten Wohnung bestellte ich bei einer jungen Studentin Halterlose getragene Strümpfe. Ich versprach mir sehr viel davon, denn nun konnte ich meinen Fetisch, wenn auch alleine, ungehemmt ausleben. Nachdem die Strümpfe gekommen waren, wurde ich sehr enttäuscht. Die Fußteile rochen eher muffig als nach dem Duft einer Frau. Nun gut, es war Winter, aber wenn jemand so etwas anbietet, dann erwarte ich auch was Vernünftiges. Und meine Vorlieben hatte ich ihr geschrieben. Ich schrieb ihr das und sie war sehr verärgert darüber. Anschließend warf ich ihre Strümpfe weg, denn damit konnte ich nichts anfangen.

In den Kleinanzeigen fand ich die Anzeige einer Frau, die ihre Stiefel verkaufen würde. Die Stiefel waren recht abgetragen und die Frau versicherte mir, dass diese extrem riechen würden. Ich bat sie einfach darum, doch ein paar getragene Strümpfe dazuzugeben. Sie kam meiner Bitte nach und ich wartete gespannt auf das, was ich bekommen würde. Zwei Tage später kam das Päckchen in meine neue Wohnung. Ich setzte mich in den einzigen Sessel, den ich im Moment dort hatte und packte die Stiefel aus. In den Stiefeln hatte sie Halterlose Strümpfe gesteckt. Oh Mann, rochen die stark. Ich zog meine Hose herunter und konnte es kaum erwarten, bei diesem geilen Geruch abzuspritzen. Mich hatte natürlich interessiert, wie ihre Füße aussahen. Darum fragte ich noch mal nach, ob sie mir vielleicht ein Foto schicken würde. Als ich ihre Füße sah, war es mir vergangen. Nein, sie waren nicht hässlich, aber überall blau. Das ließ meine Geilheit verschwinden, sodass ich ihre Sachen in einer Ecke stehen ließ und sie kurz danach wegwarf.

Seit längerem war ich in einem Strumpfhosen-Forum angemeldet. Dort lernte ich eine junge Studentin kennen, die mich fragte, ob ich

Interesse an einem Kontakt hätte. Klar hatte ich das, denn die junge Frau war nicht umsonst dort angemeldet. Wir schrieben uns ein wenig hin und her bis sie mich fragte, ob ich einen Messenger hätte. Natürlich hatte ich keinen und meldete mich sofort an, um dort mit ihr zu kommunizieren. Sie fragte mich, ob ich schon mal Cybersex gehabt hätte. Hatte ich natürlich nicht und ließ mich von ihr einweisen! Ich konnte gar nicht so schnell schreiben und gleichzeitig wichsen, wie sie es mir vorgab. Ich hatte Spaß daran gefunden und spielte dieses Spielchen mit, bis es mir kam.

Irgendwann schrieb sie mir dann mal, wenn ich lieb sei, würde ich auch gegen ein kleines Taschengeld eine getragene Strumpfhose von ihr bekommen. Natürlich war ich lieb und so bekam ich nicht nur die Strumpfhose, sondern auch noch ein paar Pumps von ihr. Davon hatte sie mir schon mal ein paar Fotos geschickt. Nun machte auch ich Fotos von mir, wie mein erigierter Penis in ihrem Pumps steckte. Auch wie ich ihre Schuhe bespritzt hatte. Das fotografierte ich und schickte ihr die Fotos. Sie war begeistert und es machte sie an, so etwas zu sehen. Leider rochen die Fußteile ihrer Strumpfhose nicht besonders stark, sodass ich ihr, dass auch schrieb, nachdem wir anregenden Wortwechsel gehabt haben. Sie war so enttäuscht, dass sie verärgert den Messenger verließ und ich nie wieder etwas von ihr hörte.

Auch aus anderen Portalen bestellte ich mir zuerst ein Paar getragen Nylon Söckchen, die mit der Note acht von Zehn bewertet wurde. Gemeint war damit ihr Geruch. Dazu gab es ein Foto von der Dame, wo sie die Söckchen trug. Dieses Portal machte einen recht seriösen Eindruck auf mich und ich konnte ihre Angaben bezüglich des Geruches nur bestätigen. Ich war mehr als zufrieden und konnte mit den Söckchen auch richtig was anfangen.

Doch es trieb mich dazu, von einer anderen Dame noch eine Strumpfhose mit extremem Duft zu bestellen und wurde ebenfalls nicht enttäuscht. Das gute dabei war, dass ich auch hier sehen konnte, wer die Strumpfhose getragen hatte und auch der Anblick ihrer Füße blieb mir nicht verwehrt.

So stöberte ich auch Frauen im Internet auf, die Gefallen daran hatten, wenn Männer sich bei dem Anblick ihrer Füße befriedigen. Dort kaufte ich bei zwei Frauen Pumps mit der Bitte, diese innen nicht zu reinigen, so wie es das Verkaufsportal vorschrieb. Das befolgten die Frauen auch und ich bekam zwei Paar extrem heiße Pumps mit geilem Geruch. Ich roch abwechselnd an den Pumps und befriedigte mich an dem Tag mehrmals hintereinander mit dem Anblick ihrer Füße. Die beiden Frauen machten diese Spielchen mit, gaben sich aber leider nicht zu erkennen. Doch ich hatte einen anregenden Schriftwechsel mit den beiden Frauen.

Fazit:

Mir hatte es Spaß gemacht, mich mithilfe dieser Dinge zu befriedigen. Denn in dieser Zeit direkt nach der Trennung war ich froh, dass ich Abwechslung und Beschäftigung hatte, weil ich mehr oder weniger am Boden zerstört war. Natürlich wusste ich auch, dass dies nicht auf Dauer mein sexuelles Leben sein sollte. Da ich ja nun Single war, konnte ich mich ja eigentlich verstärkt auf die Suche nach einer Frau machen, die meine sexuellen Fantasien mit mir auslebte. Immerhin hatte ich ja schon im Internet gesehen, dass es dort solche Frauen gibt.

Jasmin
Meine heiße Nachbarin

Ich wohnte nun in meiner neuen Wohnung und hatte zuerst mal die Lage in unserem Haus gecheckt, ob es hier vielleicht Solofrauen gab, mit denen ich in Kontakt treten konnte. Ich lernte Jasmin kennen, die im Haus die Hausordnung an einem Samstagnachmittag machte. Wir kamen ganz locker ins Gespräch und sie war mir von Anfang an sympathisch. Wir lagen auf meiner Wellenlänge und unsere Unterhaltung führten wir zunächst nur an den Samstag Nachmittagen fort. Natürlich hatte ich auch gleich auf ihre Füße geschaut, aber es war Winter, sodass sie dicke Socken trug. Aber wie das bekanntlich so ist, wurde es ja auch mal wärmer.

Ich hatte mich ein wenig mit ihr angefreundet, sodass wir beiden beschlossen, mal an einem Samstagabend etwas zusammen zu trinken. Ich lud sie also zu mir in die Wohnung ein und wir verbrachten einen sehr netten Abend miteinander. Natürlich ohne Sex versteht sich!
Wir saßen nun öfters abends mal zusammen und auch die Jahreszeit hatte sich geändert. Ich bekam nun Einblick auf ihre Füße, die sie mir Strumpflos in ein paar Mules präsentierte. Ich konnte dabei ihre schwarz lackierten Fußnägel

sehen und die Frau wurde dadurch auf einmal auch interessanter für mich. Wir haben uns auf meinem Balkon viel unterhalten und unter dem Tisch sah ich nun auch mal einen ganzen nackten Fuß von ihr, nachdem sie aus ihrem Schuh geschlüpft war. Ich wusste noch nicht so recht wie sie tickte, deshalb hatte ich mich auch zurückgehalten. Natürlich hätte ich sie am liebsten flach gelegt, aber irgendetwas sagte mir, dass ich es lassen soll. In einem Gespräch im Treppenhaus äußerte ich mal, dass ich unbedingt eine Frau brauche. Sie sagte, sie sei nicht prüde, aber als sie das letzte Mal Sex hatte, wurde sie von dem Typen nur verarscht und das hätte ihr nicht gutgetan. Wahrscheinlich unternahm ich deshalb keine Aktionen mehr, diese Frau ins Bett zu bekommen. Was ich wollte, war eigentlich eine feste Beziehung mit einer Frau einzugehen, die meine Vorlieben verstand und auch damit umgehen konnte.

Fazit:

Natürlich war Jasmin eine attraktive Frau, aber vielleicht war es auch noch zu früh, eine neue Beziehung einzugehen. Das hemmte mich wahrscheinlich in meinen Aktivitäten. Vielleicht hätte ich erst einmal versuchen sollen, anderweitig Kontakt zu Frauen zu bekommen, um eventuell mal wieder richtigen Sex zu haben. Sozusagen die Hörner abstoßen, bevor ich eine neue Beziehung einging.

Meine Erfahrungen mit Nutten und anderweitigen Versuchen
Ich wollte endlich wieder vögeln

Es kam nun die Zeit, wo ich nun Ausschau nach Frauen hielt, um mal wieder richtig zu vögeln und wie ein Mann dazustehen. Die Zeit der Selbstbefriedigung sollte nun vorbei sein und ich machte mich im Internet auf die Suche nach Nutten oder auch anderen willigen Damen. Ich stieß auf ein Portal, wo man sich mit anderen Frauen austauschen konnte und gegebenenfalls auch zum Sex verabredete. Meine Sehnsucht nach einer Frau brachte mich dazu, mich dort anzumelden und zu bezahlen. Mir war das bezahlen egal, wichtig war, dass ich ans Ziel kam.

Nun schloss ich sehr schnell mit der ein oder anderen Frau Freundschaft und wir tauschten uns über sexuelle Vorlieben aus. Das war schon mal recht interessant, weil wir nun in die Phase kamen, wo es darum ging, uns zu verabreden. Ich hatte der ersten Frau einen Vorschlag unterbreitet, wo man sich treffen könnte. Dabei wählte ich einen öffentlichen Platz, sodass die Frau bei nicht Sympathie oder anderer Bedenken einfach hätte wieder fahren können. Schließlich hätte alles passieren können, aber nichts musste.

Nur plötzlich hörte ich von der Frau nichts mehr und auf weiteres Nachfragen bekam ich auch keine Antwort. Mir kam das schon irgendwie komisch vor, aber ich dachte mir einfach, dass sie kalte Füße bekommen hätte.

Zwischenzeitig meldete sich eine Frau bei mir, die doch aus demselben Grund dort war, wie ich. Sie suchte Sex und wie ich später herausbekam, wollte sie dafür ein kleines Taschengeld von mir haben. Zu deutsch, sie ging auf den Strich! Aber diese Rubens Frau interessierte mich überhaupt nicht, sodass ich, wenn ich schon dafür bezahle, mir doch eine jüngere Frau suchen würde und keine, die schon ca. sechzig war.

Als ich nun mitbekommen hatte, dass sich dort viele Frauen ihr Taschengeld aufbesserten, machte ich mich auf die Suche nach etwas jüngerem. Mir fiel ein Profilfoto auf, wo eine junge Frau in Halterlosen weißen Strümpfen zu sehen war, allerdings nicht ihr Gesicht. Da ihr Körper optisch einen sehr guten Eindruck machte, war mir ihr Aussehen egal und ich nahm mir den Mut, die junge Frau anzurufen. Sie meldete sich mit einer sehr erotischen Stimme und wir kamen auch gleich super ins Gespräch. Die junge Frau erklärte mir, dass sie ein kleines Kind hätte und dadurch recht gebunden wäre. Aber sie hätte auch immer wieder Lust auf Sex, sodass sie diesen Weg wählte, um ein wenig Spaß zu haben. Aber irgendwie kam es mir komisch vor, dass sie im Portal aus meiner Stadt kam, aber im Gespräch erwähnte sie, dass sie aus einer Stadt in circa zweihundert Kilometer Entfernung kommt. Ich wusste nicht, was das zu bedeuten hatte und habe mich nach unserem anregenden Gespräch nicht mehr bei ihr gemeldet.

Nun gut dachte ich mir, versuche es doch mal bei der nächsten. Aber hier lief es auch nicht anders und nach der schriftlichen Verabredung war ebenfalls Funkstille. Verarschten die etwa die Leute dort?

Ich machte mich in den Vereinbarungen schlau, die ich zu Beginn anklicken und bestätigen musste. Hier stand ganz klar, dass im Portal Fakes unterwegs sind, um das Portal interessant zu halten. Anscheinend war ich hier wohl betrogen worden und versuchte mich so schnell es ging, abzumelden. Das war wiederum auch nicht einfach, weil die Betreiber der Website im Ostblock saßen. Sie hatten wohl deutschsprachige Frauen angeworben, von zu Hause aus mit den Leuten dort zu kommunizieren. Wahrscheinlich verdienten sie sich damit Geld dazu. So stelle ich es mir zumindest vor. Ich musste zwar noch eine

Monatsrate von über fünfzig Euro bezahlen, kam aber aus dem Vertrag heraus. Da hatte ich mal wieder Glück gehabt und machte mich auf die Suche nach etwas seriösen.

In einem anderen Portal, dass mir recht professionell erschien, versuchte ich ebenfalls, nachdem ich bezahlt hatte, Kontakte zu Frauen herzustellen. Hier konnte man Annoncieren und ich tat das in guter Hoffnung. Es gab dort eine Menge Frauen aus meiner Stadt und ich wartete gespannt auf das, was sich dort tat. Leider ergab sich dort ebenfalls nichts, entweder weil es dort keine Frauen gab, die an meinem Fetisch Interesse hatte, oder weil ich nicht ihr Typ war. Denn ich hatte Annoncen in beide Richtungen geschaltet. Nachdem ich nun über vier Wochen vergeblich auf Frauen gewartet hatte, die mit mir in irgendeiner Art und Weise Sex haben wollten, zog ich es ebenfalls vor, mich dort auch wieder abzumelden und mein Geld nicht zum Fenster herauszuschleudern. Nun war ich vom Glück verlassen und ich wusste nicht, wie es weiter gehen sollte. Zu gerne hätte ich richtigen Sex gehabt, aber wo sollten die Frauen herkommen. Ich war nun auch nicht der Typ, der abends durch die Kneipen zog, um die letzten übrig gebliebenen Frauen mit nachhause zu nehmen.

Es war mal an einem Sonntagmorgen, als ich unsere hiesige kostenfreie Zeitung durchblätterte. Ich stieß auf die Erotik Anzeigen und sah eine Annonce, wo eine 20-jährige Frau ihr Dienste anbot. Sie beschrieb sich als schlank und blond, was ja eigentlich genau mein Fall war. Aber hier wusste ich nicht, wie die Frau aussah. Mir fehlte allerdings auch der Mut, dort anzurufen. Ich war in diesem Moment geil und hätte natürlich gleich eine Verabredung mit ihr haben wollen. Wer weiß, ob das überhaupt möglich gewesen wäre. Also startete ich meinen PC und machte mich im Internet auf die Suche nach einer Prostituierten, die auf Fußerotik spezialisiert war. Es gab dort eine Website, wo anscheinend alle Frauen unserer Stadt gelistet waren, die dieser Tätigkeit nachgingen. Da waren viele tolle Frauen dabei, aber ich suchte eine, die auch Hausbesuche machte, denn ich hätte das gerne in meinen eigenen vier Wänden gehabt. Dort fand ich nun eine tolle junge Frau, die absolut mein Fall war. Auf ihrer Seite gab es Fotos von ihren Füßen, mal nackt und mal in Strappy Heels. Fußerotik stand bei ihr an vorderster Stelle und ich wurde so langsam nervös. Sollte ich jetzt doch noch meinen ersten Footjob bekommen? Voller Erwartung, ganz aufgeregt und mit schweißnassen Händen wählte ich ihre Handynummer. Sie meldete sich in einem gebrochenen deutsch, sodass ich sie kaum verstehen konnte. Ich versuchte ihr irgendwie deutlich zu machen, dass ich ihre Füße und ihre Muschi ficken wollte. Aber sie verstand so gut wie nichts und ich wusste nicht, wie ich ihr verständlich machen konnte, dass sie zu mir in meine Wohnung kommen sollte. Ich brach das Gespräch dann kurzerhand ab, weil ich merkte, dass es keinen Sinn ergeben würde, sie weiter zu belabern. Sie kam sicherlich wie viele andere aus dem Ostblock und verstand mich wahrscheinlich deshalb nicht. Nun war ich so deprimiert, dass ich mir vor lauter Verzweiflung einen auf die Bilder der Prostituierten herunterholte. Ich hatte extra vermieden mich vorher zu befriedigen und mir mein Sperma aufgespart, damit es sich auch lohnte und ich bei der Dame in den Genuss kam, mich mehrmals zu entspannen.

Mal wieder hatte ich die Lust an richtigem Sex verloren und ich begann wieder, mich nach irgendwelchen Frauen umzusehen, die mir ihre Strumpfhose verkauften.

Fazit:

Natürlich war ich in dieser Zeit daran interessiert, endlich mal wieder zu vögeln. Aber ich musste auch feststellen, dass man nichts erzwingen konnte, selbst nicht mit einer Prostituierten. Auch wenn es nur die Kommunikationsschwierigkeiten waren, die mich daran hinderten, eine Prostituierte zu vögeln. Warum habe ich mir dann nicht einfach eine andere gesucht?

Claudette
Eine kleine blonde Sau

Eigentlich weiß ich gar nicht mehr, wie der Kontakt zu Claudette zustande gekommen war. Zuerst hatte ich mir eine paar getragene weiße Sneaker Söckchen bei ihr bestellt. Ich war dem ganzen hin und her mit den Nutten mal wieder so auf weiße Strümpfe fixiert, dass ich mich laufend befriedigen musste und ich auch kaum einen klaren Gedanken fassen konnte. Claudette schrieb vernünftig und bot mir auch andere Sachen an. Ihre Söckchen rochen zwar nicht besonders stark, aber irgendwie hatte die junge Frau etwas, was mich geil machte. Vielleicht war es einfach nur ihre freizügige und einfache Art. Außer einem Foto von ihrem Gesicht und ihren Füßen hatte ich weiter nichts. Sie hatte mir gegen Bezahlung angeboten, eine Fotoreihe von sich zu machen. Doch zunächst hatte ich eher an einer getragenen Strumpfhose von ihr Interesse. Ich bat sie darum, eine hautfarbene Strumpfhose für mich zu tragen, was sie dann auch für mich tat. Nach ein paar Tagen konnte ich mich mit ihrem Geruch vollsaugen, der aber immer noch nicht intensiv genug für mich war.

Nach langem Nachdenken nahm ich nun auch die Fotodienste in Anspruch. Sie sollte eine schwarze Strumpfhose tragen und weiter nichts. Ihr machte das anscheinend nichts aus, sodass ich ein paar Tage später eine CD in meinem Briefkasten befand. Ich öffnete die CD in meinem PC und sah, dass sie auch ein kleines Video von sich gemacht hatte. Es war auch ein Zettel beigefügt, auf dem das stand, aber den hatte ich voller Erwartung gar nicht erst gelesen. Zuerst sah ich mir die Fotos an, auf der sie strippte und letztendlich nur in Strumpfhose zu sehen war. Auch den Blick zwischen ihre Beine hatte sie mir nicht verweigert, der durch das Nylon geziert wurde. Sie war recht freizügig und das gefiel mir außerordentlich gut. Nun sah ich mir auch das Video an, wo sie auf dem Sofa lag, ihre Hand in der Strumpfhose zwischen ihren Beinen hatte und sich befriedigte. Das machte mich so geil, dass ich sofort wichsen musste. Was für ein kleines Biest, denn das Video hatte ich nicht angefordert. Auf dem Zettel stand, dass sie das Fotoshooting so geil gemacht hätte und das es mir sicherlich gefallen würde, ihr bei der Selbstbefriedigung zuzusehen. Und wie mir das Spaß machte! Es machte mir sogar so viel Spaß, dass ich sie fragte, ob sie mir Fotos und ein Video machen würde, auf denen sie sich komplett nackt befriedigte. Sie hatte keine Scham und machte mir auch diese Fotos und auch ein Video. Ich konnte dabei ihren Intimbereich genau sehen und wie sie ihren Kitzler bis zum Orgasmus rieb. Sie hat laut dabei gestöhnt und ich hatte auch schon wieder meinen Schwanz in der Hand und bescherte mir einen eben so starken Orgasmus. Die Frau hatte irgendetwas in mir ausgelöst, denn ich sah mir ihre Bilder und Videos sehr oft an. Nun fehlte noch etwas mit ihren Füßen, sodass ich sie erneut fragte, ob sie mir ein Video von ihren Füßen machen würde. Ich schrieb ihr dazu eine kleine Handlung und auch was sie so sagen sollte.

Nun bekam ich eine Wichs Anleitung von ihr, auf der ihre Füße im Vordergrund zu sehen waren. Sie zeigte mir dabei ihre Füße mal nackt und mal in einer Strumpfhose. Dabei leitete sie mich an, wie schnell ich meinen Schwanz wichsen sollte. Das ganze Video ging fast vier Minuten und mir war es schon nach der Hälfte gekommen. Sie hatte einen guten Job gemacht und ich sehe mir das Video auch heute noch gerne an und entleere mich zu ihren Anweisungen.

Fazit:

Leider habe ich sie irgendwann aus den Augen verloren. Aber ich bin mir sicher, dass ich sie noch zu anderen Videos hätte bewegen können. Sie hatte Geldmangel und ich hätte bestimmt noch etwas gefunden, was sie für mich hätte filmen können. Aber auch an einem Treffen mit ihr wäre ich interessiert gewesen. Doch das ergab sich leider nicht.

Susi und Michi
Söckchen nach meinem Geschmack

Mittlerweile boten sehr viele Frauen in den sozialen Netzwerken ihre getragene Wäsche an. Viele wollen sich etwas dazu verdienen, aber es gab auch Frauen, die Spaß daran hatten, Männer mit dem Duft ihrer Wäsche verrückt zu machen. Zuerst fand ich das Profil von Michi, die damit warb, extrem riechende Stümpfe abzugeben. Ich hatte ein bisschen Zweifel, ob ihr Profil überhaupt echt war. Ich fragte sie, ob sie mir ein Foto schicken könne, wo sie das Paar Sneaker Söckchen hochhält, welches ich gerne von ihr haben wollte. Es dauerte auch nur ein paar Minuten und sie schickte mir das Bild. Nun war ich mir sicher, dass ich dort bestellen konnte. Sie trug die Söckchen für mich ein paar Tage und bekam jeden Tag ein Tragefoto. Nach einer Woche hatte ich dann das Glück, dass die Strümpfe auch wirklich bei mir ankamen. Sie waren in eine geschlossene Tüte verpackt und ich war ganz gespannt darauf, was mich erwartet. Ich öffnete die Tüte und schon kam mir ein leichter Schweißgeruch entgegen. Zuvor hatte ich mir schon eine Collage gebaut, sodass ich sofort damit begann, mich zu befriedigen, während ich mir ihre Bilder ansah und an ihren

Strümpfen roch. Die junge Frau war etwa Mitte zwanzig, hatte eine tolle Figur und sah auch noch blendend aus. Es war ein Hochgenuss mich mit dem Duft ihrer Füße vollzusaugen und dazu abzuspritzen.

Ich schrieb ihr das auch, aber an einem schriftlichen Austausch hatte sie kein Interesse. Immer wieder überkam es mich, sodass ich immer wieder den Kontakt zu ihr suchte. Aber sie war immer recht kurz mit ihren Antworten. Irgendwann kam sie mal auf mich zu und bot mir ein paar blaue Strümpfe von sich an. Ich bat sie, mir erst einmal ein Foto davon zu schicken. Das machte sie auch kurzerhand, aber irgendwie interessierten sie mich nicht. Ich war viel mehr darauf aus, ein Video von ihren Füßen zu bekommen. Ich fragte sie einfach, ob sie mir so etwas auch anbieten könne. Nun schrieb sie mir, dass sie einem Mann unbedingt mal einen Footjob verpassen wolle und ob ich Interesse an einem Video davon hätte. Natürlich hatte ich Interesse daran und überwies ihr den ausgemachten Betrag. Nun verging die erste Woche, die zweite Woche und ich fragte mich, wann sie vorhatte, das Video zu machen. Ich schrieb sie an und hakte nach. Sie antwortete, dass sie noch niemanden hat, der sich zu Verfügung stellen würde. Na ich hätte mich da sehr gerne zur Verfügung gestellt. War aber OK, Hauptsache, ich bekam das, wofür ich bezahlt hatte. Wieder verging eine Woche, und noch eine, und noch eine. Ich schrieb sie dann nochmals an und teile ihr mit, dass ich mein Geld wieder haben möchte, wenn sie das vereinbarte nicht liefern kann. Darauf hin beschimpfte sie mich als alten Wichser und Nichtsnutz. War die Alte jetzt total durchgedreht? Es war doch mein gutes Recht nachzufragen, wie es mit meinem Video aussieht. Letztlich hat sie mich immer weiter beschimpft und anschließend in ihrem Profil blockiert, sodass ich keine Möglichkeit mehr hatte, mit ihr in Kontakt zu treten. Ich war sehr verärgert, musste das aber so hinnehmen. Da hatte mich das kleine Miststück doch beschissen!

Danach fand ich den Kontakt zu Susi, die ebenfalls Mitte zwanzig war. Sie hatte lange blonde Haare mit einem Pferdeschwanz. Das war ja nun genau das, worauf ich absolut abfuhr. Nun mussten ihre Füße nur noch meinen Lieblingsgeruch haben und alles war gut. Sie bot mir ebenfalls ein paar Sneaker Söckchen an, auf die ich sowieso stand. Also bat ich sie, die Strümpfe ebenfalls ein paar Tage zu tragen. Sie versprach mir stark riechende Strümpfe von sich. Auch hier dauerte es etwa eine Woche, bis ich ihre Strümpfe in den

Händen hielt. Sie waren nicht luftdicht verpackt und kamen einfach in einem Umschlag. Zuvor hatte sie mir auch Tragefotos geschickt, unter anderem auch welche von ihren nackten Füßen. Die Collage hatte ich längst gebastelt, sodass ich sofort mit dem Wichsen beginnen konnte. Ihre Strümpfe rochen nicht so intensiv wie die von Michi, aber auch ihr Aroma war nicht schlecht. Hier kam es mir noch schneller, weil die Frau noch bedeutend hübscher war, als Michi. Zuvor hatten wir auch ein bisschen miteinander geschrieben und sie beichtete mir, das sie Gefallen daran hat, was Männer mit ihren Strümpfen machen. Auch von mir wollte sie das wissen, was ich ihr natürlich ausgiebig schrieb. Dass sie einen Freund hatte, wollte sie von Anfang an nicht verschweigen, wahrscheinlich gab es auch Männer, die sich näheres mit ihr ausmalten. Sie schrieb mir auch, dass ihr Freund weiß, dass sie ihre getragenen Strümpfe an andere Männer verkauft. Er hätte kein Problem damit und würde das auch tolerieren.

Nach einigen Wochen hatte ich Lust auf beide zusammen, sodass ich mir eine Collage mit Bildern von beiden bastelte. Nun roch ich abwechselnd an ihren Strümpfen und besorgte es mir beim Anblick der beiden ganz heftig.

Von zwei Frauen gleichzeitig einen Footjob zu bekommen, wäre mein absoluter Traum gewesen. Aber das spielte sich nur in meinen Gedanken ab. Eine Zeit später versuchte ich zumindest Susi noch mal zu kontaktieren, aber ihr Profil war gelöscht. Von ihr hätte ich gerne noch was gekauft, denn sie war ehrlich. Michi hingegen war ein kleines Miststück.

Fazit:

Auch bei den beiden ließ ich meinen Fantasien freien Lauf, doch das Ganze hätte in Realität natürlich sehr viel mehr Spaß gemacht. Aber wie das im Leben so ist, kann man nicht alles haben und ich warte noch heute auf meinen ersten richtigen Footjob.

Anja
Kurz davor zu vögeln

In einem der sozialen Netzwerke schrieb mich auf einmal eine Frau an, die mich fragte, wie es mir geht. Es ging mir teilweise zwar beschissen, aber das schrieb ich der jungen Frau nicht zurück. Vielmehr schrieb ich ihr, dass es mir gut ginge und bedankte mich der Nachfrage. Anscheinend hatte sie Gefallen an mir, weil sie mich weiter kontaktierte. Ich schrieb ihr auch laufend freundlich zurück und zumindest vom Schreiben her, machte sie einen sehr guten Eindruck. Aber nicht nur das, sie sah auch super aus, wenn auch etwas streng, aber ein Foto entsteht in weniger als eine Sekunde, sodass mich das nicht weiter störte.

Da ich nun nicht gerade der war, der gerne mit den Frauen schrieb, fragte ich sie nach ein paar Tagen, ob sie nicht mit mir telefonieren möchte. Sie sagte OK und ich gab ihr meine Nummer durch. Natürlich rief sie ohne Nummer Erkennung an, dass ich bei einem Scheitern sie gar nicht hätte zurückrufen können. Sie meldete sich mit einer recht hohen Stimme, was mir schon mal gefiel. Wir kamen sofort ins Gespräch und hatten uns einiges zu erzählen. Sie erzählte mir, dass sie ein Kind hat und verheiratet ist. Da fragte ich mich schon, was sie denn gerade von mir wollte?

In dem weiteren Gespräch erzählte sie mir noch, dass ihr Mann vor einiger Zeit fremd gegangen war und das seit dem nichts mehr im Bett liefe. Wollte sie nun Sex von mir oder hatte sie auch Interesse an einer stabilen Beziehung?

Dies hieß es für mich herauszufinden, denn ich wollte ja schon wissen, woran ich war. Sie hatte ein Treffen für das kommende Wochenende vorgeschlagen, wozu ich einwilligte, denn ich hatte ja nichts zu verlieren. Anja wohnte einige Kilometer von mir entfernt, sodass wir uns darauf einigten, uns irgendwo in der Mitte zu treffen, um uns persönlich kennenzulernen. Ich hatte da schon eine Idee und suchte im Internet nach einer Stelle, wo wir uns erst einmal treffen konnten. Einen Ort hatte ich schon gefunden, wo sich auch eine Tankstelle befand. Sie war damit einverstanden und ich fieberte dem Wochenende entgegen. Wir waren für den frühen Nachmittag verabredet, denn zu Hause musste sie sich ja auch eine Ausrede einfallen lassen. Sie gab vor, zuerst in der Sauna ausgiebig zu entspannen und wollte dann anschließend noch etwas trinken gehen. Das schaffte uns genügend Zeit, um gemeinsam ein paar schöne Stunden zu verbringen.

Ich stand nun ganz gespannt auf der Tankstelle und wartete auf Anja. Plötzlich klingelt mein Handy. Ich dachte schon, dass sie absagt. Aber Anja fragte nur, ob ich schon da sei. Klar stand ich schon ganz neugierig und sie sagte, dass sie gleich da sei. Sie fuhr in einem großen weißen Wagen vor und hielt direkt vor meinem. Mein Herz schlug vor Aufregung und ich stieg etwas nervös aus meinem Wagen aus. Eigentlich wollte ich ihr die Hand geben, aber Anja fiel mir direkt um den Hals und drückte mich ganz fest. Ich war erstaunt, denn damit hatte ich nicht gerechnet. Sie schaute mich mit ihren wunderschönen Augen an und ich muss sagen, dass ich mich in diesem Moment schon in sie verliebt hatte. Mein Gott hatte ich auf einmal Schmetterlinge im Bauch. Ich schlug vor, dass wir vielleicht in die Innenstadt fahren, um dort irgendwo einen Kaffee zu trinken. Wir landeten in einer Eisdiele und machten es uns davor unter einem Sonnenschirm gemütlich. Wir unterhielten uns sehr angenehm und meine Blicke führten mich laufend zu ihren Füßen. Sie trug schwarze Ballerinas ohne irgendwelche Strümpfe. Ich wartete vergebens darauf, dass sie mal aus ihren Schuhen schlüpfte. Mich hatte es brennend interessiert, ob sie lackierte Fußnägel hatte.

Wir plauderten nun über dies und das und die

Zeit verging rasend. Es war schon wieder Abend gewesen und ich schlug vor, ob wir nicht etwas essen gehen wollen. Bei der Suche nach einem Kaffeeplätzchen war mir ein griechisches Restaurant aufgefallen. Wir sind dann dort eingekehrt, nachdem wir wie zwei verliebte durch die Altstadt geschlendert waren. Wir bestellten uns was Hübsches zum Essen und unterhielten uns derweil sehr intensiv. Die Frau brachte mich fast um den Verstand mit ihrer Gestik und Mimik und auch mit allem anderen. Ich wollte diese Frau einfach nur haben.

Während des Essens sagte sie, dass sie mich belogen hätte. Das fing ja gut an! Sie erzählte mir, dass sie nicht ein Kind habe, sondern drei. Ich sah das nicht als Problem an, denn ich war noch nicht wirklich dahinter gekommen, was sie eigentlich von mir wollte. Darauf hin fragte ich sie das, bekam aber keine Antwort von ihr. Wir ließen uns das Essen schmecken und unterhielten uns trotzdem angeregt weiter.

Nun kam auch die Zeit, wo sie so langsam wieder losmusste. Wir gingen wieder zurück zu unseren Autos und ich machte mir Gedanken, wie wohl unser Abschied aussehen würde. Sie öffnete die Tür ihres Wagens mit der Fernbedienung und legte ihre Tasche hinein. Ich lehnte an meinem Wagen und wartete auf das, was nun kam. Anja kam auf mich zu, nahm mich in den Arm und wir begannen uns wie wild zu küssen. In meiner Hose zeichnete sich etwas dickes ab, sodass ich mich so an sie drückte, dass sie meinen steifen Schwanz merken musste. Wir küssten uns wie wild, aber es half nichts, sie musste so langsam mal fahren, damit es zu Hause nicht auffiel, dass sie woanders war. Sie fuhr dann und ich war einerseits glücklich und andererseits enttäuscht. Zu gerne hätte ich sie gleich dort am Auto gevögelt, aber es sollte nun mal nicht sein.

Sie schrieb mir eine SMS, als sie zu Hause angekommen war und bedankte sich für den schönen Abend. Ich war auch gerade erst ein paar Minuten zu Hause und war damit beschäftigt, mir auf meinem PC das Profilbild von ihr anzusehen und zu wichsen. Sie hatte mich so geil gemacht, dass ich den Druck erst einmal ablassen musste.

Am kommenden Morgen schrieb sie mir schon sehr früh eine SMS. Es kam mir so vor, als wenn sie glücklich sei, nach dem was sie schrieb. Aber eigentlich war doch gar nichts passiert. Sie lag noch im Bett und begann mich unheimlich heiß zu machen. Ich schrieb ihr das auch und sie war erstaunt darüber, dass sie es noch schaffte, einen Mann geil zu machen. Danach beschrieb ich ihr, wie ich sie am liebsten verführen möchte, dass ich ihr zuerst die Füße küsse, dann mit den Küssen weiter an ihren Beinen entlang nach oben wandere und danach unbedingt mit ihr Schlafen wolle.

Ihr ging es genau so, also suchte ich nach unserem heißen SMS Verkehr nach einem Hotel in dem Ort, in dem wir uns zuvor getroffen hatten. Ich machte ihr ein paar Vorschläge und wollte sie entscheiden lassen, wo wir uns das nächste Mal treffen. Aber dazu kam es leider nicht. Eine Freundin von ihr hatte es ihr ausgeredet und ihr verständlich gemacht, was alles auf dem Spiel steht. Nun wenn ich das richtig mitbekommen hatte, war ihre Ehe doch eh längst kaputt, weil ihr Mann sie doch mehrmals betrogen hatte. Also warum funkte ihre Freundin dazwischen? Warum ließ sie ihr nicht den Spaß?

Also beendete Anja unser Techtelmechtel mit der Begründung, dass es nicht ginge, dass wir uns noch mal treffen. Da ich mich in diese Frau verliebt hatte, tat das sehr weh und ich hatte einige Zeit daran zu knabbern. Aber eins konnte ich nicht auf mir sitzen lassen. Ich wollte unbedingt ihre Füße sehen. Per SMS bat ich um einen letzten Wunsch. Ich hatte ihr erklärt, dass ich es schön finde, wenn eine Frau gepflegte und schöne Füße hätte. Danach bat ich darum, ob sie mir nicht ein Foto von ihren

Füßen schicken könne, weil ich ihre Füße gerne gesehen hätte. Sie schrieb mir darauf, dass sie mal sehen will, was sich machen lässt. Zwei Tage später schickte sie mir per Mail ein Foto von ihren Füßen. Sie hatte ihre Fußnägel schwarz lackiert und ihre Fußform sah sehr geil aus. Schade das ich mit ihr und ihren Füßen nie etwas anstellen durfte.

Fazit:

Anja war für mich eine Traumfrau. Mit ihr hätte ich mir eine Beziehung vorstellen können, auch mit den drei Kindern, die ich noch nicht einmal kannte. In einem weiteren sozialen Netzwerk sind wir heute noch befreundet und ich finde immer wieder neue Fotos von ihren Füßen. Hätte sie etwa Gefallen daran gehabt, wenn ich mich intensiv um ihre Füße gekümmert hätte?

Wenige Zeit später war ich wieder liiert, als mich Anja erneut anschrieb und sich mit mir treffen wollte. Hätte sie das eine gewisse Zeit früher gemacht, wäre ich sicherlich zu einem Treffen bereit gewesen. Und ich bin mir auch ganz sicher, dass ich sie bei diesem Treffen hätte ohne Ende vögeln können.

Reiner, mein Kollege
Der Reiz des Verbotenen

Mein langjähriger Kollege Reiner fuhr seit vielen Jahren mit mir zur Arbeit. Wir verstanden uns recht gut, sodass er mich bat, wenn sie im Urlaub sind, mal bei ihnen die Blumen zu gießen und den Briefkasten zu leeren. Ich hatte kein Problem damit, vor allem weil ich seine Frau recht geil fand. Nun hatte ich die Möglichkeit, an ihre Schuhe zu kommen. Meistens wenn ich sie im Sommer sah, trug sie Ballerinas. Ich konnte mir schon vorstellen, dass ihre Füße einen recht interessanten Geruch haben mussten. Das fand ich heraus, als es dann so weit war und ich ihren Wohnungsschlüssel hatte. Nachdem der Briefkasten geleert war, goss ich die Blumen und machte mich anschließend an ihre Schuhschränke. Ich fand die Ballerinas, die sie bei unserem letzten Treffen trug. In ihren Schuhen kam mir ein leichter Schweißgeruch entgegen, vermischt mit dem Geruch von Leder. Das war ebenfalls der Geruch, der mir gefiel. Es musste nicht immer absolute stinke Schuhe sein, etwas dezenter tat es auch. Noch im Flur holte ich mir einen runter, während ich an ihren Schuhen roch. Danach stellte ich ihre Schuhe wieder fein säuberlich in den Schrank

225

und fuhr nachhause. Auch auf diesen Moment hatte ich jahrelang gewartet.

Früher war er schon öfters mal mit seiner Frau bei mir gewesen, um mal etwas abzugeben. Zu dieser Zeit schaute mich seine Frau immer schon so an und grinste. Ich vermutete, dass sie auf mich stand, ließ aber nichts zu, denn ich war verheiratet.

Während meines Singledaseins lud mich dann mein Kollege zu sich und seiner Frau zum Grillen ein. Sie hatten eine neue Wohnung und wollten das ein bisschen mit mir feiern. Mein Kollege trank sehr schnell, ich hingegen hielt mich ein wenig zurück. Wir aßen lecker und Reiner war nach dem Essen bereits dermaßen besoffen, dass er überhaupt nichts mehr mitbekam. Er besorgte sich den Rest und ich hatte bereits aufgehört zu trinken. Ich wollte so langsam nachhause und war im Begriff, mir ein Taxi zu bestellen. Reiner's Frau hörte das und sagte, dass sie mich später nachhause fahren würde. Ich wollte ihr keine Umstände machen, aber sie beharrte darauf, mich zu fahren. Sie musste nur noch ihre Tochter wegfahren und dann käme ich dran.

Nun wartete ich mindestens eine Stunde und nahm mir zwischenzeitig auch mal wieder ein Getränk. Reiner lallte nur noch, ein vernünftiges Gespräch kam mit ihm nicht mehr zustande. Eigentlich war es katastrophal, denn auf dem Grill lagen noch verbrannte Steaks und Reiner versuchte laufend die Nachbarinnen zu überreden, uns doch Gesellschaft zu leisten. Diese hatten ja auch gesehen, dass er total besoffen war und winkten dankend ab. Plötzlich stand seine Frau wieder hinter uns und sagte, dass sie mich jetzt heim fahren könne, wenn ich wolle. Mir fiel auf, dass sie sich umgezogen hatte und ich machte mir Gedanken warum. Wir sind dann einfach los und ich glaube, dass Reiner noch nicht einmal mitbekommen hatte, dass wir weg waren. Schon im Auto unterhielten wir uns sehr angeregt, sodass ich auf einmal Hoffnung bekam, Reiner´s Frau zu vögeln. Eigentlich sollte man so etwas ja nicht machen, aber zu so etwas gehören ja bekanntlich immer zwei.

Sie fuhr recht schnell durch die Stadt, sicherlich hatte sie es eilig. Auf dem Parkplatz vor dem Haus, in dem ich wohnte, parkte sie ihren Wagen und stellte den Motor ab. Ich fragte kurz: „Wolltest du noch mit hereinkommen"?

Sie sagte ja und öffnete in dem Moment auch schon ihre Autotür. Ich wusste gar nicht, wie mir geschah und mein Herz fing auf einmal an etwas schneller zu schlagen. Ich spürte genau, was sie wollte und wir sahen zu, dass wir das

Treppenhaus hoch kamen, um in meine Wohnung zu gelangen. Mein Schwanz war schon stark erigiert, denn sie trug die Ballerinas, mit denen ich mich schon befriedigt hatte. Sie hatte eine Jeans an und ein ärmelloses T-Shirt, wo ihre Brüste prima zur Geltung kamen. Ich schloss die Wohnungstür auf und wir ging hinein. Kaum ein paar Schritte in meiner Wohnung drehte sie mich von hinten um und begann sofort mich zu küssen. Ihre Hand führte sie an meine Hose und wir gingen gemeinsam stückchenweise in Richtung meines Schlafzimmers, bis ich vor meinem Bett stand. Sie kniete sich hin, holte mir meinen Schwanz aus der Hose und begann ihn in den Mund zu nehmen. Oh Mann, konnte die gut lutschen. Ihre Fersen schauten nackt aus ihren Ballerinas und ich genoss den Anblick. Sie machte mich in dem Moment so extrem geil, dass ich nur noch ihre Muschi lecken wollte. Ich nahm sie hoch, drehte sie und setzte sie auf mein Bett. Sie ließ sie nach hinten fallen und ich begann ihre Jeans aufzuknöpfen. Die Jeans zog ich ihr über den Hintern herunter und hatte auch gleich ihren Slip mit beseitigt. Jetzt kam ich in den Genuss ihr die Ballerinas von den Füßen zu streifen und in mir funkelte wieder ein Gefühl, das ich sehr lange nicht mehr hatte. Ihre Jeans flog im hohen Bogen und ich vergrub mich zwischen ihren Schenkeln. Sie war so extrem nass, da sie sicherlich lange nicht gevögelt wurde. Während ich ihren Kitzler richtig hart leckte, stöhnte sie ihre unheimliche Lust schamlos heraus. Der glasige Blick in ihren Augen sagte mir, dass ich sie nun ganz ungehemmt vögeln sollte. Ich stellte mich auf, beugte mich über sie und schob ihr meinen dicken Schwanz ganz tief rein. Sie stöhnte dabei unheimlich laut, was mir zeigte, dass es an der Zeit war, dass ich sie endlich vögelte. Endlich war ich an mein Ziel gekommen und ich vögelte sie so lange durch, bis es uns beiden ganz gewaltig kam. Dabei lagen ihre Beine auf meinen Schultern und ich drehte meinen Kopf nur ein wenig, um mich mit ihrem geilen Fußduft vollzusaugen. Ich spritzte die ganze Ladung in sie hinein, ohne über die eventuellen Folgen nachgedacht zu haben. Anschließend sagte sie mir, dass sie jetzt am liebsten bei mir bleiben würde um die Nacht über in meinen Armen liegend zu schlafen. Leider ging das nicht, denn ihr Mann würde sicherlich schon auf sie warten. Sie zog sich an, nachdem sie im Bad war und verabschiedete sich mit einer Umarmung und einem Küsschen von mir.

Ein paar Tage später, als ich Reiner zur Arbeit abholte, erzählte er mir, dass er einen Filmriss hätte und gar nicht mehr weiß, was den Abend so alles gelaufen war. Wir lachten, als ich ihm von den verbrannten Steaks erzählte und ich hatte nach dieser Aktion noch nicht einmal ein schlechtes Gewissen.

Fazit:

Ich weiß natürlich, dass es nicht richtig war, Reiner´s Frau zu vögeln. Ich hatte auch etwas getrunken, aber sie war nüchtern und wusste genau, was sie tat. Also lag ich mit meinen Vermutungen richtig, dass sie die ganzen Jahre auf mich stand und Sex mit mir wollte. Warum sollte ich das nicht in meinem neuen Leben als Single mitnehmen, ein anderer hätte wahrscheinlich auch nicht nein gesagt.

Schlusswort

Nach vielen Jahren hatte ich endlich wieder mal gevögelt, auch wenn es die Frau meines Arbeitskollegen war. Es hat sich halt so ergeben und ich musste an dem Tag nicht einmal mehr wichsen. Ich wäre froh gewesen, wenn sich mein Leben etwas anders gestaltet hätte. Oftmals wollte ich das Leben eines anderen Leben, aber es blieb mir verwehrt.

Ich habe auch bemerkt, dass mein Verlangen zu vögeln, über die Jahre hinweg mächtig nachgelassen hatte. Vielmehr zog ich die Selbstbefriedigung in Betracht, die für mich schnell abgehandelt war. Das Vögeln dauerte mir ehrlich gesagt zu lange und ich kam immer weiter davon weg. Natürlich hatte es mir Spaß gemacht, aber ich liebte die Abwechslung. Die bekam ich aber nur, indem ich zum Schluss nur noch vor den PC saß und mich zu meinen selbstgebastelten Vorlagen befriedigte.

Es war eine Art von Stalking, die ich betrieb, ohne über die eventuellen Folgen nachzudenken. Egal ob es die Aufnahmen mit dem Handy waren oder das Suchen nach bestimmten Frauen im Internet. Alles war von meiner Geilheit nach Füßen gelenkt. Und das mein ganzes Leben lang! Viele Jahre wusste ich nicht, wie ich dem Ganzen entfliehen sollte.

Immerhin hatte mein Fetisch meine Ehe zerstört und das wollte ich natürlich mit einer neuen Partnerin nicht noch einmal erleben. Die Suche nach Gleichgesinnten Frauen erwies sich als schwierig, sodass ich nach dem Aus meiner Ehe eigentlich versucht hatte, etwas zu ändern. Aber ich fand niemanden und verfiel wieder in mein altes Schema.

Mittlerweile kann ich besser mit dem Thema umgehen, das sah man ja auch daran, dass ich mich verschiedenen Frauen anvertraut hatte. Ich verspürte plötzlich das Verlangen, mit jemanden darüber zu reden. Es war, als würde mein Leben zu Ende gehen und ich hätte noch einiges zu tun, bevor ich ging. Möglich ist es auch, dass ich reifer geworden war und das ich gemerkt hatte, dass alles gar nicht so schlimm war, wie ich es immer annahm. Wie zum Beispiel bei meiner Bekannten Anja, die mir liebend gern das Fußfoto von sich schickte. Aber nach wie vor wollte ich meinem Fetisch ein Ende setzen, denn der bestimmte weiterhin mein Leben.

Da ich stark übergewichtig war, suchte ich hier den Weg zu einer Psychologin. Ich war an dem Punkt angekommen, wo sich mein Leben nun um 180 Grad drehen sollte. Meiner Fresssucht wollte ich ein Ende setzen und so setzte ich mir das Ziel, meiner Psychologin alles zu erzählen, auch das über meinen Fetisch. Ich erhoffte mir Hilfe, um für die Zukunft in ein neues normales Leben starten zu können.

Nachdem ich über ein Jahr auf einen Therapieplatz gewartet hatte, kam nun endlich der erlösende Anruf. Es war ein Platz frei und ich bekam die ersten sechs Termine. Nun gab es einiges an Papierkram, das ich ausfüllen musste. Unter anderem wurde dort auch meine sexuelle Seite durchforscht, sodass ich auch das Riechen an den Füßen meiner Tanten aufschrieb. Die ersten sechs Termine dienten nur der Diagnostik und meine Psychologin hakte auch gleich bei diesem Thema nach. Sie sprach von einer Art Missbrauch, den meine Tanten an mir vorgenommen hatten. Sollte das der Schlüssel zu all meinen Verhaltensproblemen gewesen sein?
Ich war mir sicher, dass ich in den nächsten Wochen und Monaten darüber Aufschluss bekam.

Leider stieß die Psychologin auf eine andere Art von Störung bei mir. Sucht!
Da ich vor vielen Jahren beim Alkohol auch nicht Nein sagen konnte, fiel das Hauptmerkmal auf dieses Thema und der Fetisch und die Art von Missbrauch durch meine Tanten blieben mehr oder weniger

unberührt. Ich machte erfolgreich meine Therapie und bekam meine Essensgewohnheiten in den Griff. Doch was blieb, war mein Fetisch!

Da ich ja nun auch andere positive Erfahrungen mit meinem Fetisch gemacht hatte, nahm ich mir ein Herz und schrieb in den sozialen Netzwerken eine alte Bekannte an, die ich seit über zehn Jahren nicht gesehen hatte. Bei ihr vermutete ich Verständnis und fragte auch als Erstes nach, ob es ihr gefallen würde, wenn ihr jemand nach einem langen Tag die Füße massiert?

Ihre Antwort war: „Wem gefällt das nicht?".

Also schrieb ich stundenlang mit ihr in den sozialen Netzwerken und beichtete ihr meine Vorlieben. Ihr schien es zu gefallen, denn sie lud mich für den nächsten Tag auf einen Kaffee zu sich ein. Ich hatte keine Ahnung, was mich dort erwarten würde. Aber ich ging gut vorbereitet zu ihr hin und hoffte dort etwas erreichen zu können. Bei ihr angekommen empfing sie mich in einem Kleid und Mules mit etwas Absatz. Sofort blickten meine Augen zu ihren kleinen Füßen. Ihre frisch lackierten Nägel fielen mir sofort auf und meine Hoffnung wurde größer, ihre Füße berühren zu dürfen. Sie umarmte mich zur Begrüßung und bat mich in ihre Wohnung. Wir setzten uns auf ihr Sofa, wobei sie mich laufend schon so angrinste. Plötzlich sprach sie ganz offen und sagte, dass es ihr sehr gefallen würde, wenn ich mich ab sofort öfters um ihre Füße kümmern würde. Dabei streckte sie mir ihren rechten Fuß entgegen und ich zog ihr zuerst einmal ihren Schuh aus. Ohne zu zögern, roch ich dort, wo ihre Zehen waren. Es kam mir ein geiler Geruch entgegen aus Leder und Schweiß, genau so, wie ich es mochte. Sie sagte mir, dass ich alles machen darf und ich sollte meine Hemmungen einfach ablegen. Das tat ich auch, massierte ihr die Füße und vergrub meine Nase zwischen ihren Zehen. Mein Schwanz war so prall wie schon lange nicht mehr und sie sagte auf einmal, dass ich ihre Füße ficken soll. Ich holte meinen Schwanz aus der Hose, drückte ihre Füße zusammen und steckte ihn voller Erwartung dazwischen. Ich fickte ihre kleinen geilen Füße, bis ich ganz mächtig abspritzte.

Von nun an ging ich regelmäßig zu ihr, nachdem ich mich von meiner Partnerin getrennt hatte. Mit meiner neuen Spielgefährtin ging ich aber keine Beziehung ein. Sie gab mir das, was ich brauchte, mehr sollte es nicht sein. Damit konnten wir beide leben und so probierten wir alles das aus, worauf wir Lust hatten. Manchmal haben wir auch einfach nur gevögelt.

Da ich die Abwechslung liebte, ging mir meine Ex-Schwägerin nicht aus dem Kopf. Thea hatte die Schweißfüße, an die ich unbedingt noch kommen wollte. Mit einem Paar Söckchen von ihr wäre ich schon zufrieden gewesen. Ich hatte ihre Handynummer und schrieb sie in meiner Geilheit ganz offen an. Sie freute sich von mir zu hören und sagte mir zu, dass ich ein Paar Söckchen bekommen könnte. Ich sollte sie mir abholen und so verabredeten wir uns für das kommende Wochenende. Gegen frühen Abend fuhr ich bei ihr vorbei. Mir war es doch etwas flau in der Magengegend. Ich klingelte und sie machte mir die Tür mit einem Lächeln auf. Auch sie umarmte mich zur Begrüßung und bat mich herein. Thea trug ein paar Sneakers und weiße Sneakersöckchen. Ich sollte ihr ins Wohnzimmer folgen, wo wir uns ebenfalls aufs Sofa setzten. Nach einer kurzen Unterhaltung sagte sie mir, dass ich aber für die Söckchen etwas tun müsste. Ich fragte gespannt nach. Thea wollte eine ausgiebige Fußmassage und sie fragte, warum ich nicht früher schon mal etwas gesagt hätte. Dann hätte ich das schon viel früher haben können. Sie legte ihre Beine auf die Lehne des Sofas und forderte mich auf, anzufangen. Ich zog ihr ganz sanft sie Sneakers aus und der geile Geruch ihrer Schweißfüße kam mir entgegen. Das ließ meinen Schwanz sofort steif werden, was auch Thea nicht verborgen blieb. Ich massierte ihr die Füße durch die Söckchen und nahm immer wieder eine Nase voll von ihrem außerordentlich geilen Duft auf. Thea sagte: Zieh mir die Söckchen aus, sie sind deine". Das tat ich und begann ihr jeden einzelnen ihrer Zehen zu massieren. „Hast du Lust mir auf die Füße zu spritzen?", fragte Thea. Natürlich hatte ich dazu Lust. Ich öffnete meine Hose, holte meinen Schwanz heraus und begann zu wichsen, während Thea mir einen Fuß ins Gesicht hielt und ich meine Nase zwischen ihren Zehen vergrub. Ich spritzte noch mächtiger ab als bei meiner anderen neuen Bekanntschaft, wahrscheinlich weil Thea den Duft hatte, den ich über alles liebte. Danach bin ich auch ganz schnell mit den Söckchen wieder gegangen, weil Thea mir sagte, dass ihr Mann bald kommen müsste. Aber sie sagte noch, dass ich mich ruhig mal melden soll, wenn mir danach wäre. Das tat ich auch, so wie ich Lust hatte. Meistens im Wechsel mit meiner anderen Bekanntschaft.

Ich musste nun nach vielen Jahren feststellen, dass alles gar nicht so schlimm war, wie ich immer vermutet hatte. Man brauchte nur ein bisschen Feingefühl, wen man mit dem Thema konfrontiert. So ergaben sich Dinge, die ich nie für möglich gehalten hätte und auch heute besuche ich immer noch meine zwei „Spielgefährtinnen".

Auch wenn in meinem Leben einiges schiefgelaufen war, trotzdem bin ich stolz auf mein Leben, auch mit einem Fetisch, den viele nicht verstanden!

ENDE